PRIVILEGIAT

MATTHEW TREE

PRIVILEGIAT

COLUMNA

I Premi Columna
Nadal 2001

COL·LECCIÓ CLÀSSICA
SEGONA EDICIÓ: DESEMBRE DEL 2001
PROJECTE GRÀFIC: COLUMNA COMUNICACIÓ, S.A.

CARRER PROVENÇA, 260 - 08008 BARCELONA
ISBN: 84-664-0141-5
DIPÒSIT LEGAL: B. 46.165-2001
IMPRÈS A: HUROPE, S. L.
CARRER LIMA, 3 BIS - 08030 BARCELONA

EL JURAT DEL I PREMI COLUMNA
(NADAL 2001) EL FORMAVEN: MIQUEL DE PALOL,
MARIA MERCÈ ROCA, ALFRED SARGATAL,
JOSEP GREGORI I OBLIT BASEIRIA.

M'agradaria donar les gràcies a Martin Smith, guionista, pels seus consells tan útils pel que fa als aspectes formals del llibre, i a Montse Peters, correctora, per tota la feina que ha esmerçat en el text.

...tot el que és interessant té lloc a l'ombra.

CÉLINE,
Viatge al fons de la nit

Taula

PRÒLEG: EL FILL SE'N VA

Pròleg: el fill se'n va

DOS HOMES SEUEN JUNTS EN UN TAXI SOROLLÓS QUE PORTA un bagul lligat a la baca i que passa, sacsejant els passatgers, per davant d'unes fileres de cases uniformes. Un dels homes —de trenta i tants anys, com el segle— té la cara plàcida i taciturna, i l'altre, que n'acaba de fer vint-i-un, té una expressió inconscientment altiva i es balanceja més que el taxi; aquest s'atura al moll i els homes baixen; el jove (fill petit d'un *broker* mercantil) s'entrebanca mentre l'home més gran (el comptable en cap del mateix *broker* mercantil) paga al taxista i l'ajuda a baixar el bagul de la baca; tenen al davant un vaixell tan gran com una catedral (i tan a prop que, si escopissin, el tocarien). El comptable diu al jove que no es mogui i se'n va directament a buscar un camàlic; però quan torna, veu que el bagul ha quedat dret i solitari enmig del camp de futbol enorme i gris del moll: el jove ha desaparegut. El comptable demana al camàlic que carregui el bagul al vaixell i mira al seu voltant: intenta localitzar algun bar proper.

Tal com s'havia imaginat, el jove seu a la barra, bressolant una gerra de cervesa amb una mà i acostant-se un whisky doble a la boca amb l'altra. Quan el comptable s'hi apropa amb cara preocupada, el jove li diu:

—No passa res, senyor Patrick: controlo l'hora. Vol una copeta?

El senyor Patrick era el meu avi. Els anys vint i trenta ell treballava en una oficina, on més tard va passar a ser comptable i després comptable en cap d'A.J. Lowry, pare de Malcolm Lowry, que arribaria a ser l'autor de la novel·la mítica *Sota el volcà*. De jove, en Malcolm ja havia començat a beure en excés i quan s'estava a casa, a Liverpool, alguna vegada havia intentat agredir membres de la seva família, en especial la seva mare. (L'alcohol també va ser la causa de la seva caiguda en desgràcia a la Universitat de Cambridge.) Amb el temps, Lowry sènior va decidir que el seu fill Malcolm havia de marxar del país, i va encarregar al meu avi la feina d'assegurar-se, abans que res, que aquest fill problemàtic agafés el vaixell correcte, i després d'enviar-li una assignació mensual per sobreviure d'una manera relativament còmoda. En Lowry pare i en Malcolm s'havien distanciat tant que sobre el meu avi va recaure tota la responsabilitat d'aquesta feina; el pare d'en Malcolm ni tan sols signava les notes que s'enviaven amb els diners. El meu avi (escollit perquè tenia fama de ser un home molt honrat) va fer aquesta feina extra i no pagada durant molts anys. Se sap que va rebre algunes cartes d'en Malcolm, cartes llargues, se suposa del tipus «prolix» que els germans d'en Malcolm també rebien i que detestaven tant i que en Malcolm solia escriure en un estat d'embriaguesa. Aquestes cartes es van enviar des de França, els Estats Units, Mèxic, Canadà i el Regne Unit. Tan sols n'han perdurat deu, per una raó ben senzilla: es trobaven en mans d'una tercera persona el dia que el meu avi es va assabentar de la mort de Malcolm Lowry i, honrat en excés, en va cremar la resta.

Al cap de mitja hora el meu avi surt del bar —un bar ple de fum i xerrameca— amb en Malcolm, que se li recolza i diu:

—Me'n vaig, Bert, me'n vaig lluny d'aquí, faré un tomb o dos pel planeta, Bert, he de tirar endavant, saps, això és el que mon pare vol de mi, senyor Patrick, que tiri endavant, i endavant, endavant tiraré.

En Malcolm puja la passarel·la acompanyat del meu avi, que li passa un sobre i li diu:

—No oblidi d'informar-me sempre del seu parador, senyor Lowry, o no podré fer-li arribar la mensualitat.

—Ho faré, senyor Patrick; gràcies per la seva vigilància i el seu tacte.

Els dos homes encaixen les mans i en Malcolm es gira cap a l'oficial de bord i li pregunta:

—Ja és obert, el bar?

El meu avi baixa la passarel·la amb rapidesa i mira com els darrers passatgers hi pugen, com es retira la passarel·la, com la catedral s'allunya del moll mentre el cel es torna gris i els núvols, espessos; mentre la llum artificial llueix als ulls de bou i un xic de pluja cau de l'aire fred. Quan el vaixell finalment s'encongeix a l'horitzó, el meu avi es gira i s'allunya del moll, caminant al llarg d'uns carrers amb fileres de cases blanques i uniformes; els fanals s'encenen de cop just abans d'arribar a la porta de la sucursal londinenca de la companyia d'A.J. Lowry, *broker* mercantil, les instruccions del qual ha seguit al peu de la lletra.

PRIMERA PART:
PER FI, LLIURE

Capítol 1: Lowry (primera carta)

París, octubre, 1933

Benvolgut senyor Patrick,

Moltes gràcies per la tramesa, que m'ha arribat sense problemes. Havent llegit atentament els apunts inclosos amb els diners esmentats, espero que no em considerarà pas impertinent si li dic que he arribat a la conclusió que vostè deu ser un home amable a qui segurament no li faria res rebre una carta de debò de tant en tant d'una persona, com ara jo, que no té ni pocs ni gaires corresponsals. Vostè mateix deixa entendre que no seria pas contrari a una iniciativa d'aquesta mena. Com sap molt bé, el meu pare m'aprecia tan poc que qualsevol missiva meva adreçada a ell o a qualsevol altre membre de la família no arribaria ni a la safata de la minyona. Espero que no trobarà això que segueix inoportú d'alguna manera: tinc una certa tendència a espifiar-la quan em poso a escriure de debò, senyor P., atès que no sempre em sé frenar quan ho hauria de fer i de vegades vet aquí que deixo anar algunes frases que em fan ruboritzar quan les torno a llegir, però, no obstant això, crec que s'hi haurien d'incloure si contenen ni que sigui un bri de veritat; deu ser per això que els meus germans pensen que les poques cartes que els han arribat són incoherents, o pitjor encara. Si vostè també creu que aquest és, efectivament, el cas, agafi la carta en qüestió, si us plau, rebregui-la amb fermesa i llenci-la a la paperera més pròxima.

No m'ha demanat cap explicació del perquè de la meva marxa del país, però, atès que és a vostè a qui han carregat amb la feina extra de proporcionar-me els ingressos, crec que com a mínim hauria de provar d'explicar-l'hi. Ja deu saber què pensa el meu pare al respecte, o sigui, que sóc una decepció tremenda que ha abusat de la confiança que la família havia dipositat en mi.

Té raó, en el sentit que fos com fos el tracte —potser hauria de dir el contracte— que em van oferir en el moment de néixer, m'he fet enrere. Ara bé, crec que ho vaig fer perquè vaig aprendre a llegir la lletra petita, que declarava que a canvi d'haver estat engendrat per un *broker* mercantil, el *broker* mercantil en qüestió m'enviaria a allò que se'n diu una escola prestigiosa, la qual, al seu torn, m'asseguraria un lloc sens falta en una de les millors universitats (aquesta, no cal dir-ho, és l'única funció de les esmentades escoles prestigioses). Sortiria d'aquesta universitat immillorable amb unes quantes qualificacions sota el braç que farien possible que em convertís, si no en un *broker* mercantil més, doncs en algú que, com a mínim, podria mantenir-se al mateix nivell social que els *brokers* mercantils. Al principi tot això em semblava prou bé, fins que vaig arribar a la universitat.

Mentre caminava pels carrers ventosos de la ciutat universitària en qüestió, vaig començar a sentir una mena de dolor i de tensió a la pell. Em van assignar una magnífica cambra del segle divuit i em van presentar al maltès insuficientment pagat la responsabilitat del qual era buidar la meva paperera. Aquella mateixa nit vaig anar a sopar al menjador gran; sota la mirada dels catedràtics (que sopaven a la tarima), els estudiants vam seure als bancs de fusta i ens van atendre uns senyors grans que portaven jaquetes blanques. Els meus companys conversaven en veu ben alta, amb accents aristòcrates curulls d'argot; feien brillar els ulls expressament, en un intent d'anunciar la seva intel·ligència, enginy i coneixements extensos. Al cap de poc, em vaig aixecar i vaig fer cap al centre de la ciutat. Aviat em vaig posar a tremolar de fred i vaig buscar refugi al primer bar que em vingué a tomb; estava envoltat d'exactament el mateix tipus de gent que havia deixat enrere al refectori: estudiants, vull dir. Amb cada beguda solitària que vaig prendre, els seus renills riallers sortosament van anar deixant de ser tan estridents i els seus cops d'ull malfiats ja no m'afectaven tant, i em vaig adonar —mentre alçava el got— que havia escollit la meva arma, que tenia una llança amb què podria mantenir aquests animals —jo els veia així, senyor Patrick, ho sento— a ratlla, dia rere dia, fins que em fos, per fi, possible fugir d'ells, per sempre més.

Quan el bar va tancar, vaig tornar xino-xano. Em vaig perdre pel camí. Em va sorprendre una colla festiva, els membres de la qual portaven unes ampolles de xampany obertes. Sense voler, vaig ensopegar amb un d'ells; van començar a donar-me alguna empenta i a dir-me coses que distaven molt de ser afalagadores. Em vaig quedar parat al mig, com un cec, sense saber què fer. Llavors, gairebé d'esma, com si ho somiés, em vaig ajupir, tan ràpid que em penso que van creure que havia desaparegut com per art de màgia. Em vaig aferrar als turmells del que feia més soroll, el més mal educat, el més cridaner, i li vaig estirar els peus cap a mi, de manera que no es podia aguantar dret, i allà mateix el vaig llançar per damunt de la barana baixa i cap al rierol. Va xisclar. Els altres es van allunyar de mi i em vaig adonar que bramava, m'esgargamellava, sense paraules, senzillament un bram rere l'altre, bramava mentre els companys de l'altre, abans tan xirois, corrien com insectes cap a la vora de l'aigua i el treien. Bram rere bram!, desafiant els centres d'estudis que sorgien en la foscor, tebis amb la sang aigualida de l'arrogància del futur, de la lletjor del futur, de les regles del futur, de l'horror del futur.

Què feia vostè quan era més jove? No és cap pregunta retòrica, realment m'agradaria saber-ho.

Capítol 2: Cap de Panotxa

HAURIA D'ESTAR NERVIÓS, O INQUIET, COM A MÍNIM, PERÒ estic del tot tranquil. Tinc la sensació que tot segueix el seu curs, que tot rutlla, a pesar que fins un imbècil podria veure que la situació no pot ser gaire pitjor. Potser és la droga de la Maria que fa que sigui incapaç de reaccionar com cal. O potser és que tot plegat, a aquestes alçades, m'importa una merda.

L'home que tinc davant —un jove vestit amb una bata blanca que porta els cabells de panotxa tallats ben curts— posa la carta damunt l'escriptori que ens separa i dóna un cop d'ull a les nou restants que hi ha al costat.

—*Són genuïnes?*

Quina pregunta més impertinent. Té una veu gemegaire i un accent culte. Em fa la impressió que aquest cabró tot just acaba d'acabar la carrera de medicina.

—És clar que són genuïnes. Les pots sotmetre a totes les proves que facin falta.

—*Tenim pensat fer exactament això. Mentrestant, et donarem el benefici del dubte. Ara per ara, la pregunta més adient que se m'acut és: d'on carai les has tret?*

Somric.

—És una història molt llarga.

—*Les vas robar?*

Em mira fixament. I jo a ell.

—*No m'ho vols explicar?*

No, no vull. Vol que l'hi comuniqui per escrit o què?

—*En el cas que fossin genuïnes, serien un document literari de primera magnitud. Suposo que n'ets conscient, oi?*

I tant.

—*Seria massa demanar per què les portaves a sobre quan et van detenir?*

—Sempre les porto a sobre. Al contrari de les altres coses.

Una brometa. Gargoteja alguna cosa en un bloc de notes.

—*Sempre? I les has llegit, m'imagino.*

Déu meu.

Cap de Panotxa alça la veu.

—*Em sents? T'he preguntat si has llegit aquestes cartes.*

—És clar que sí, cony.

Sospira.

—*No cal que siguis malparlat. Suposo que te n'has adonat, oi?, del fet que mentre jo intento esbrinar més coses sobre tu per tal d'ajudar-te, el departament forense està examinant el contingut de la bossa trobada en la teva possessió, i pot ben bé ser que el meu testimoni sigui l'única cosa que hi hagi entre tu i un munt de problemes ben greus.*

Aviam, jo no vaig ni matar ni mutilar ningú, doctor. Dit d'una altra manera, no vaig portar el meu pla a terme. Això sí, havia donat per descomptat que la policia em tractaria sense miraments si m'enxampava. En comptes d'això, ahir un comissari vestit de paisà em va escridassar una mica i ara un petit imbècil amb una bata blanca m'està xiuxiuejant quatre preguntes. Quasi res.

Em van detenir ahir al matí, quan un vianant va denunciar que hi havia un home que s'estava comportant d'una manera estranya al parc de Saint James. Què feia jo?, doncs res més que mirar l'estany fixament, amb les cartes a la butxaca de pit i una bossa de la cadena de supermercats Sainsbury a terra (Tròtil Dos, amb l'MD ben enroscat en el MUV, tal com m'havia ensenyat la Maria). Un cop acabada la interrogació preliminar, ahir a la tarda, em van ficar en una cel·la de rajoles grogues; avui m'han lliurat a l'home que tinc davant, el nom del qual encara no he captat. Seiem en una sala enrajolada, il·luminada amb llums fluorescents. M'imagino que algú ens deu estar mirant, d'amagat.

—*Ha quedat clar, el que t'acabo de dir?*

—Sí.

—*Molt bé, doncs. Voldria saber què tenen aquestes cartes que et fascina tant, que sents la necessitat de portar-les a sobre, vagis on vagis.*

Com explicar-ho a un idiota perdut com tu, doctor? Com podria tan sols començar a explicar-te l'engruna de consol que em donen? Un consol que s'assembla una mica al suport —el socors— que em donava l'Addie, oh, fa anys i panys, ja.

—*Et trobes bé?*

Faig que sí amb el cap. Somric.

—I tant.

—*En què pensaves, si es pot saber?*

Ric per sota el nas, com un col·legial. Em mira durant uns segons.

—*Veig que això no ens està portant enlloc. D'acord. Fem un petit experiment, si et sembla bé. Atès que portes aquestes cartes onsevulla que vagis i com que sembla que estiguis cent per cent* au fait...

Onsevulla que. *Au fait.*

—*...amb el seu contingut, hauré de suposar que són molt importants per a tu. Per tant, pot ser que ho siguin també per a mi. M'agradaria fer-te unes quantes preguntes respecte a aquesta d'aquí, d'acord?*

—El que tu diguis.

L'única feina d'aquest senyor, a l'hora de la veritat, és la de decidir si em pot classificar com un Alfa Tres o no, abans que em portin davant el jutge demà al matí. Torna a mirar la carta.

—*M'interessa aquesta escena al costat del riu. Una escena força violenta, diria jo. Et consideres una persona de tendències impulsives? Unes tendències impulsives que et podrien portar a situacions que es podrien qualificar de violentes?*

T'expresses tan bé. De fet, és curiós que ho hagis dit, això, perquè, tot plegat es va posar en marxa no fa gaire; avui fa un mes, per ser precís.

Ara bé, suposo que abans, durant molt de temps, una part de mi mai no deixava de mantenir viva una visió venjativa, un anhel que per fi es fes justícia; suposo que no deixava mai de desitjar una oportunitat de participar en la lluita contra el Mal que vaig descobrir a l'edat de catorze anys; suposo que, sense que jo me n'adonés, la bèstia que ja se m'havia aferrat al col·legi havia continuat aferrant-se'm, envellint amb mi, xiuxiuejant-me a cau d'orella amb una veu que tremolava i grallava cada any més; suposo que devia haver-me despertat un matí tan embogit per les seves paraules que em vaig adonar que calia fer alguna cosa d'una punyetera vegada. Si no ho feia, aniria de cul per terra, acabaria com Malcolm Lowry: fet pols, destrossat, atabalat d'al·lucinacions; jo no tenia cap intenció de convertir-me en una víctima semblant. Si calia, abans crearia unes víctimes, jo, perquè jo ja havia rebut el meu càstig, no me'n calia cap més, no, havia tingut els meus anys de pensar tremolós, els meus anys de pastilles aïllants, de misèria psicològica augmentada fins al límit, ja havia pagat el meu deute al gran Malparit allà al Cel, havia entregat gairebé tota l'adolescència i una mica més a aquell Fill de Puta. Ara ja era adult, sabia com fer les coses, com obtenir segons quines matèries, com fer mal, mal físic. Ja era hora que el somni venjador es fes realitat, passés el que passés.

Quan, per fi, vaig sentir l'impuls irresistible d'actuar, ho vaig fer malament, sense criteris —a la babalà, com si digués-sim—, i no va ser fins més tard que em vaig adonar que calia planificar-ho tot, fil per randa, per tal d'arribar a l'objectiu final. L'època prèvia a aquesta decisió, al contrari, va ser plena de confusió, d'una estranya exultació que no sabia controlar.

Una època que va començar avui fa un mes quan vaig tornar cap a Londres, un cop acabat un rodatge a París. Em van inspeccionar i retenir l'equip tècnic durant hores: quan vaig arribar a l'estació de Victòria em moria de ganes de fotre'm una gerra. Vaig entrar al bar més proper i vaig demanar una Carlsberg Export i després una altra i una altra, i vaig acabar entaulant conversa amb l'home que tenia al costat; un home tocadet i posadet, a parer meu, una d'aquelles persones que es queixen per tot, tot i que amb mi es comportava d'una manera prou amable, i de totes maneres havia d'agafar un tren, així que no l'hauria d'aguantar tot el sant dia; vaig demanar una altra gerra i la conversa va continuar, i ell va començar a parlar menys sobre la companyia dels ferrocarrils i més sobre ell mateix, i jo sabia, amb la mateixa certesa que sé que tinc una mà a l'extrem de cada braç, com acabaria allò, perquè de cop vaig reconèixer certs símptomes reveladors (per a mi): la manera en què quedava fascinat per les seves pròpies opinions, la manera com parlava sense moure cap altra part del cos que no fossin els llavis, com si fos el mateix Troy Tempest dels collons; fins que em vaig adonar que darrere la seva amabilitat aparent només hi havia unes ganes tremendes de garlar cada vegada més sobre ell mateix ell ell ell, i quan va explicar un cert detall clau, va confirmar el que jo ja havia sospitat... Ja sabia què havia de fer; el mirava a través del fons de vidre de la gerra mentre em bevia fins a l'última gota de cervesa rossa; tot seguit vaig abaixar la gerra a poc a poc mentre sentia com em demanava si em vindria de gust prendre'n una altra, i vaig dir que no, no em vindria de gust, i de cop vaig colpejar la gerra buida contra la seva mà però sense prou força (no li devia fer gens de mal), de manera que li vaig subjectar la mà amb fermesa i l'hi vaig colpejar la gerra per segona vegada i amb més força i llavors —mentre ell cridava *déu meu déu meu déu meu!*— li vaig agafar el braç amb les dues mans i el vaig estampar contra la vora de la barra, i tot i que no es va trencar res (com a mínim no vaig sentir cap crec), ell va xisclar, sí, va xisclar com una noia, gens de profunditat en aquella veu seva, no senyor.

—Estàs bé, xaval?

Em mirava, força preocupat. I jo a ell. No tenia ni la mà aixafada ni el braç trencat. A la barra, el bàrman anava fent.

—Per què m'ho has preguntat?

—Doncs perquè de cop m'has deixat de parlar i t'has posat a mirar-me fixament, i, vaja, m'has espantat una mica, la veritat.

Va riure nerviosament. Amb ganes, li vaig donar una empenta i, apa, vaig fotre el camp. L'empenta devia haver estat més forta del que pensava, perquè, quan vaig mirar enrere, ell era a terra i la gent l'ajudava a aixecar-se mentre el bàrman cridava la policia de l'estació des de la porta.

En el moment que jo sortia corrent de l'estació a la recerca d'un taxi, panteixant com un gos d'aigua, em vaig adonar que s'havien acabat els anys de claredat i de rectitud i que, al cap de vint anys, les neurones tornaven a estar de festa, que els batents de la ment se m'obrien i se'm tancaven amb violència en un cor de cops i grinyols; i calia que els batents s'obrissin més encara: els feia falta una empenta tan forta que els deixés oberts per sempre més, i així l'aire fresc i la bona llum hi entrarien en tropell, rient.

Aquests fluorescents enlluernen massa.

—*Per què em mires tan fixament?*

No ho sé.

—*No tenim gaires ganes de parlar avui, oi? No pateixis, tenim temps de sobres. Tingues paciència.*

Torna a mirar la carta.

—*Aquesta referència a «l'horror del futur» té algun significat especial per a tu?*

Més aviat sí. Però no te'n diré ni piu, a tu, doctor.

De cop i volta, sense deixar de mirar la carta, m'etziba:

—*Bé, doncs. Què feies* tu *quan eres més jove?*

Què feia jo quan era més jove?

Al final d'una carta que m'havia enviat des de Southport, l'avi Patrick va escriure *yeah yeah yeah* per mostrar-me que es mantenia al dia i era aquest *yeah yeah yeah* el que els nens cantàvem als patis de pedra, als carrers de color gris crema, als parcs molls mentre intercanviàvem cromos amb les cares dels Beatles, mentre miràvem una pel·lícula en blanc i negre d'uns polis joves que mantenien unes noies xiscladores a ratlla mentre els Beatles, vestits de negre, sortien corrents d'un núvol de pols blanca cap a un lloc segur, i la mare em va dir que mengés l'areng fumat, que pensés en els nens de Biafra, morts de gana i tanmateix amb les panxes inflades.

Era una època d'homes que vivien en uns testos de flors i la seva amiga la flor que parlava a base de gemecs; de l'Home Aranya i la Massa; de malsons d'insectes blancs que seien a l'aguait, al costat del llit; també era una època de malsons de la mamà i el papà, les cares dels quals es deformaven com si estiguessin fetes de plastilina aixafada, un màstic que formava circells que s'allargaven cap a mi, que em perseguien mentre corria al llarg d'uns passadissos grocs, però quan em vaig despertar al matí, m'esperava una visita al camp, els pares em van portar en un Morris Minor a un pícnic, un pícnic organitzat per a mi, on el pare provava d'aixafar absolutament totes les formigues que trobés, una rere l'altra, i els ulls de la mare es dilataven, horroritzats, quan una vespa tan grossa com un ratolí volador passava a la deriva per damunt del pa blanc que estava untant amb confitura de llimona, mentre jo bevia gasosa de la marca Whites sota les branques, i després me'n vaig anar cap a casa, on uns ninots amb les mandíbules segmentades sortien de les panxes de naus voladores o pels sostres corredissos d'uns Rolls-Royce ultramoderns; i els diumenges seia a l'església, cada diumenge, contemplant els rituals bizantins sense creure-me'n ni una sola paraula, rumiant, mentre ensumava l'encens, sobre com devia ser el pompis del Troy Tempest, per no dir el de la Reina, sí, la Reina també devia seure al vàter i deixar que la caca li caigués del cul, i no per això el seu nom deixava de sortir als diaris dia sí i dia també; i més tard, a l'estiu, ens en vam anar, jo i els pares, a una ciutat turística de la costa: uns núvols travessaven el cel blau pàl·lid reflectit als aparadors de les botigues plens d'ous ferrats amb cansalada fets de massapà, i pals de caramel blanc i rosa i xupa-xups gegants i pomes encaramel·lades i tubs de sorbet amb canyes de pegadolça, mentre fora la pluja es passejava al llarg del passeig marítim, travessant els molls xops i escrostonats, mentre jo em feia gran, somiant un món en què l'heroi dóna un copet al barret i fa una petita reverència a una dona vestida de cuir negre; en què uns aristòcrates anglesos fan causa comuna amb uns xavals de Brooklyn que s'han convertit en milionaris i junts viatgen per les costes luxoses del món practicant arts marcials per tal d'acabar amb uns tipus antipàtics i suficients que masteguen alls i porten Ray-Bans: em sentia segur, protegit per l'atrezzo costós, pel moment rialler que sempre hi havia just abans que sortissin els crèdits, quan els roncs del pare es tornaven més forts que mai i m'obligaven a mirar-lo mentre exhalava canviant de posició al sofà, i darrere seu hi havia les cortines de tul, i darrere les cortines, la terminal d'autobusos, i més enllà hi havia els terrats dels edificis nous de trinca a la metròpoli brillant on tot anava la mar de bé, on tot era del tot guai, i més enllà dels edificis hi havia el cel habitual on hi havia uns núvols, plens d'optimisme, flonjos i dolços.

Vaig aconseguir fer el camí que portava de la impotència de la primera infància fins a l'observació meticulosa dels nius de pèls que se m'eixamplaven a les aixelles tot just encetada la primera adolescència; dels tests d'intel·ligència xiuxiuejats als passadissos del col·legi fins a les llargues converses sobre el sentit més profund del concepte «zero»; dels penics antics fins als penics decimals i dels penics al penis i tot seguit a l'esperma; de tenir amiguetes fins a tenir fantasies perllongades d'unes noies que tenien els caps plens de fantasies perllongades, i el fet és que, llevat de les imatges centellejants de les guerres a la tele llogada i els titulars de diaris no del tot compresos, quedava clar que ja començava a ser una part interessada de tot plegat i no només un espectador i que ara només faltava saber quin paper hi jugaria, en la resta de la meva vida.

Ben mirat, vaig tenir una infància feliç.

El doctor reprimeix un badall poc professional.

—*No dius res? Muts i a la gàbia? Bé, encara ens queda molta feina per fer. Què et sembla, si ho provem amb una altra?*

Empeny una segona carta cap a mi.

Capítol 3: Lowry (segona carta)

París, novembre, 1933.

Benvolgut senyor Patrick,

Ha estat fascinant llegir tot el que m'ha explicat de la seva primera joventut. Que la madrastra gairebé el deixés morir de gana, que sobrevisqués tan sols perquè un mestre atent es va adonar que es balancejava al pupitre, blanc com un llençol. I em pensava que jo havia tingut una infància dura!

Parla de la seva estada a Gibraltar; tenia catorze anys i portava a cops de rem els oficials amunt i avall onsevulla que volguessin anar sense que li adrecessin ni tan sols un mot. En poques paraules, el van tractar com un esclau. I encara és patriota?

Realment m'ha deixat astorat això que escriu sobre el Somme. No sabia que els sanitaris només portaven lliteres per als ferits molt greus i que se'ls havia de subornar perquè tornessin, sempre que es tractés d'una cosa *menor* com ara mitja cama desmembrada per una bomba. Dotze francs! Sovint he volgut saber d'on prové aquesta coixesa lleugera que té. Tot el que diu sobre la guerra és tan revelador si es compara amb aquelles suposades obres mestres que van sortir al cap de pocs anys, totes escrites per exoficials de classe alta. Són detalls com els que comenta els que fan que se'n vegi el llautó, de tot plegat: la gent que es tornava tan histèrica que calia seure-hi a sobre durant tota la nit perquè no s'aixequessin i se n'anessin (i que després els afusellessin per traïdors); els gavatxos que bombardejaven les pròpies tropes perquè no tornessin a desobeir ordres; soldats desesperats que disparaven als mateixos oficials a l'esquena perquè no els llancessin a l'atac...

El públic britànic, en general, no en sap absolutament res, de la realitat. El que ens n'expliquen, d'aquella guerra, ens ho expliquen com si fóssim nens petits, arraulits en filera, esperant que una persona gran ens entretingui (una persona gran i escanyolida que no s'ha enamorat mai de ningú, d'ulls envidriats). No ens assabenten mai del que realment passa, a menys que algú aconsegueixi fer sentir alguna anècdota, algun detall que no ha sortit mai a cap diari... Vivim en un temps encoixinat, no li sembla?, un temps de comoditat obligatòria.

Quan vivia a Londres, passava molt de temps al meu bar preferit, a Charlotte Street. M'agradava arribar-hi d'hora, a mi, i seure recolzat en el vellut mirant com els núvols s'arrossegaven pel cel i el bàrman passava el drap per la barra deserta.

Londres és una ciutat immensa, una ciutat immensa de cases baixes, i hi pots vagarejar durant dies sencers tan perdut com un nen petit i ningú no et farà ni cas. Els amics que hi tenia eren una barrija-barreja, una mena de cercle, uns aspirants a bohemis. N'hi faré cinc cèntims, ràpidament: aquesta gent era prou amable, de totes les edats, se saludaven cordialment, passaven les formalitats per alt, portaven roba informal o de tant en tant excèntrica; s'escarxofaven en les butaques dels bars i fumaven, i les noies no paraven de girar el cap perquè se'ls veiés el perfil, sobretot en el moment de condemnar alguna cosa o bé algú o bé algun règim polític; els homes, en canvi, preferien fer al·lusions acerbes a tal o tal llibre, tal o tal pintor, tal o tal moviment, i això donava peu perquè tothom murmurés la seva aprovació o gemegués el seu desacord. Pel que sembla, mai no dubtaven que estiguessin immunitzats contra l'anonimat quotidià que patia —que patíem— la resta dels ciutadans. D'on venia, tanta confiança, tanta autoestima? A més, com que la major part d'ells han acabat ficant cullerada en algun o altre camp artístic, s'ho passaran força malament, perquè com a artistes, senyor Patrick, la major part d'ells no donen l'abast, així de senzill. Pel que fa als artistes i escriptors genuïns que hi pugui haver a Londres, estic segur que no es permeten pas el luxe de formar capelletes o de preocupar-se sense parar sobre quina deu ser l'última tendència o moviment, al contrari d'aquesta colla que li dic.

París m'agrada molt més. Aquí es respira un ambient europeu de debò, la gent passa corrent com escarabats, amunt i avall, travessant la ciutat tal com deuen fer arreu del continent, arribant a finals de mes pels pèls: anant fent, com si diguéssim. Hi ha artistes (diria que genuïns) arreu on es vagi. I alguns rumors, senyor P., uns rumors ben lletjos sobre com bufa el vent polític ara que Hitler té la paella ben agafada pel mànec al país veí, però, d'això, en parlaré més endavant. Ara hauré de deixar d'escriure, certa senyoreta nord-americana s'ha deixat caure per aquí amb la intenció de fer-me una visita.

Capítol 4: els anys trenta

CAP DE PANOTXA —EL DISTINTIU DEL QUAL, ARA QUE M'HI fixo, diu «Dr. Murray Bishop»— doblega la carta i la posa damunt la primera; tot seguit em mira amb expectació. No dic res. Estic pensant en la carta, precisament.

—*Personalment, no veig res que pugui connectar el contingut de les dues cartes que hem mirat fins ara i el fet que, ahir, tu estiguessis caminant a la deriva, en el parc, amb una bossa plena de material explosiu. Per què no m'ajudes a aclarir-ho una miqueta?*

S'inclina cap enrere i em mira fixament a través de les ulleres d'una manera que ell deu imaginar-se penetrant. Per molt que s'esforci a amagar-ho, crec que està intrigat de debò; crec que ell creu que sóc un cas fascinant. Decideixo donar-li un cop de mà, a aquest encuriosit frisós.

—Bé. Queda clar que Lowry entenia el que realment passava, en aquella època.

—*En aquella època?*

—Els anys trenta.

—*I? Què passava, exactament?*

Ho diu d'una manera abrupta, com si disparés a l'atzar: un truc de la professió.

Què passava, exactament?

El mateix que passa ara, però *aleshores*. Ho havia imaginat tan sovint, havia vist com es desprenia del paper esgrogueït i cruixent de les cartes de Lowry, dels espais entre les línies: els anys trenta, quan llogaters encabits en habitacions enxubades buscaven monedes per a les seves estufes, pujaven escales que grinyolaven, traginant les amants a collibè per tal de no aixecar les sospites de la dispesera; mentre als carrers principals de ciutats que brillaven amb llum trèmula la gent benestant feia gala de les pitreres postisses i els botons de puny esmaltats, mentre seien en restaurants amb sostres tan alts com els d'un *château* i eren servits per cambrers atents amb bigotis fins i canes lluents de brillantina, enmig de cortines de seda, mentre escoltaven cançons fàcils de taral·lejar que papallonejaven de capital europea a capital europea, enmig de rialles fàcils, xafarderia, comentaris fotetes sobre temes culturals i acudits lleugerament escabrosos. Les ràdios de vàlvules de cristall feien riure a cor què vols famílies senceres, mentre els amants seien parlant en veu alta davant d'imatges centellejants en blanc i negre de persones que s'escarxofaven davant de taules en restaurants tipus *château* mentre les orquestres brunzien i els cambrers feien reverències i els escarabats de cuina lliscaven al seu gust a través de les escletxes d'edificis de color marró; senyors joves acompanyaven les seves estimades cap a casa tot parlant de l'última moda, i per damunt de tot planava un espectre —per damunt de tot Londres París Berlín Bucarest Varsòvia Praga Viena—, un espectre present en les habitacions minúscules, els cinemes sorollosos, els restaurants, els bars atapeïts; un núvol fosc s'arrossegava per sobre dels cels clars de la tardor, una ferum de resclosit es traslladava al llarg del cel mentre la gent s'arraulia fitant les seves olives de còctel o badant la boca davant els pits d'alguna balladora de jazz; un fantasma s'asseia a prop de les partides de cartes i els cants col·lectius, un espectre bufava als aparells de ràdio. Però la gent no sentia res que no fos una frisança a l'aire, un xic d'humitat a la paret, una olor de fusta vella («sembla que plourà»); poc sabien que se'ls estava dient adéu, adéu a les seves preocupacions, la seva bondat i pensaments fàcils, les seves certeses i queixes, les clenxes rectes, els ulls despreocupats; adéu, mentre bevien més, fumaven més, mentre xerraven més i es queixaven, mentre el cel es tornava fred i a les seves habitacions i rebedors es glaçaven, mentre el seu te es refredava en un tres i no res, mentre els núvols foscos s'espesseïen a la deriva per damunt de camp i ciutat escopint adéu a un nombre sense fi d'ànimes, moltes de les quals no hi serien al cap de ben poc.

—*Sí?*

El doctor Bishop m'està clavant la mirada.

—Sí què?

—*Deies alguna cosa en veu baixa.*

—No deia res.

Sospira.

—*Que potser estàs una mica cansat?*

S'aixeca, camina cap a la porta i hi truca. S'obre. Diu alguna cosa al policia que hi ha fora, llavors es gira cap a mi.

—*No ens aniria malament prendre una tassa de te, no trobes? Com el prens?*

—Sol i sense sucre.

Esperem, en silenci. Al cap d'uns minuts, el policia entra amb una safata damunt la qual hi ha dos gots de plàstic. La deixa sobre la taula.

—*Aleshores? Què deies?*

Arronso les espatlles. M'observa, perplex.

—*D'on et ve, la fascinació que sents pels anys trenta? Va començar a l'escola, potser?*

M'encarcaro. Em van enviar a un col·legi esnob que feia olor de pedra pintada i parquet encerat, i en el mateix moment en què vaig començar a fer amics ja vaig sospitar que no serien amics de llarga durada; uns amics com la Victoria, que es va queixar de la crisi econòmica quan el seu pare va haver de vendre's el jet privat; i la Catherine, la venedora trotskista de la revista *Militant*, que va trencar el cor del seu amant camioner quan em va obrir el seu sexe de setze anys al pis de dalt de casa els seus pares a Saint John's Wood; i l'Elizabeth, tan sensata ella, amb la seva cara de pomes agres, i el Tim, que va fer penjar una efígie a l'escola per anunciar la seva obra de teatre sobre la mort —*què se n'ha fet, d'ells?*—. Aquell noi d'alè de gos que tenia la cara coberta de borrissol i que fantasiejava sobre com viuria algun dia als Estats Units, i el nord-americà autèntic que duia un pentinat a l'estil patge medieval que semblava el gos Dougall del programa *Els Cavallets Encantats*; o Izzy, el grec, que tenia un portacigarretes ple de porros ben «liats», o aquella parella que solien caminar agafats de la mà vantant-se de com solien beure's la llet freda l'un de l'altre; i l'Alastair dels cabells de seda, que havia pres heroïna ja des de jovenet i no parava de veure un televisor flotant, o això és el que em deia, o Sparks, que posava els Blue Oyster Cult al seu Bang & Olufsen mentre agafava unes merdes com un piano amb vi de marca, o en Robin, que tocava la bateria, primer amb els cabells ben llargs i després amb els cabells ben curts —*què se n'ha fet, d'ells?*

El doctor torna a les cartes.

—*Molt bé, tirem endavant. Com que sembla que aquestes cartes t'interessen tant, potser no t'importaria mirar-ne una altra. També parla dels anys trenta...*

De seguida me la passa, sense treure'm els ulls protegits de vidre de sobre. Miro el text i somric, mentre imagino en Lowry, assegut davant meu, escrivint amb pressa en una taula al bar Au Petit Pucet, número cinc, plaça de Clichy.

Capítol 5: Lowry (tercera carta)

París (desembre, 1933)

Aquí la té, senyor Patrick, la tercera carta enviada des de París, un lloc que m'agrada cada vegada més. La gent omple les terrasses de nit d'una manera que és del tot desconcertant per a un xaval de Birkenhead. Aquí, en aquesta ciutat alegre, el fum del tabac és blau i fa una pudor que Déu n'hi do, que no deixa de barrejar-se amb la de cafè sol, armanyac, rom afruitat, pastissets, vi negre barat, pa calent i el pàtxuli que porten les dones caigudes, les quals, per cert, tenen un aspecte que ho és tot menys caigut i abunden d'una manera ben exuberant. Per extraordinari que pugui semblar, als cafès et porten una ploma i paper de franc amb la copa, de manera que li escric això directament de la taula estant.

Ja he aconseguit fer alguns amics, tot i que no sabria explicar-li exactament com. Hi ha una senyoreta, nord-americana, que crec que vaig mencionar en una carta anterior; i uns tipus anglesos amb qui coincideixo de tant en tant. Quan em pregunten què faig, sempre els dic que estic copsant els *detalls*: l'estat exacte d'un anunci de cigarretes escrostonat i pintat damunt una placa d'estany clavada a la paret de color sèpia, brut pel fum de tabac que puja des dels grups asseguts en taules de marbre amb bases de ferro forjat que aguanten copetes d'anís, calvados, cassís i altres petites joies... Els detalls els observo sorprès però també amb un cert aire calculador, fred (com si jo no fos d'aquest món).

Estic arribant a algun tipus de situació límit.

Ara ja només em queda una possibilitat, l'única opció que hi pot haver, dic jo, per a un home mantingut per la família durant tota la seva vida fins a la data: he començat a prendre'm seriosament l'ofici d'escriure. Hi ha moments en què dubto de si aquesta preocupació per l'escriptura no és més aviat un distintiu que m'he cosit al damunt per distingir-me de tots els altres senyors que viuen de gorra. Perquè me'n vull distingir. Sobretot quan certa senyoreta nord-americana em mira amb admiració. A mi!

Parlant d'aquesta senyoreta nord-americana: en una festa l'altre dia no em trobava gaire fi, i ella fou l'única persona que es va oferir per acompanyar-me a casa. I l'hi juro, per agradable que fos adonar-me que hi havia algú que m'apreciés prou per fer això per mi, per agradable, ben agradable que fos, sens dubte, veure-la al meu pis, xiuxiuejant i portant-me aspirines, com més estona es quedava ella, més incòmode em trobava jo, més buit em sentia, més s'estremien les meves espatlles mentre provava de no plorar com un nen. No cal dir que la pobra noia no sabia què estava passant, és més jove que jo, encara; no té idea de res. Jo sí que sabia què passava, però: ho vaig saber en el moment que vaig obrir els ulls plorosos darrere les mans que els tapaven i vaig mirar la negror, alleugerida tan sols per unes guspires minúscules; sabia que jo no estava fet per ser estimat, no, jo estava fet perquè un gos em seguís cap a casa, posem per cas, un gos sí que em podria estimar, però no pas una noia bonica, una noia no, una amant no, no, d'amants, res!

Havent dit això agafo la meva vella guitarra hawaiana i toco unes cordes, sí, sóc així, encadenat a la meva bola de ferro: les cordes que vibren, les notes torçades que surten volant seguides d'una veu esquerdada que canta el Birkenhead blues, el blues del col·legi de pagament i la universitat privilegiada, cantat pel caganiu de la família amb una veu que desafina; el caganiu de la ciutat, el caganiu de tot el fumut país, que esprem aquestes cordes, mentre el vent li esbulla els cabells: té les galtes vermelles i se li veuen les dents primes mentre udola sabent que té la butxaca de darrere replena dels diners de la mensualitat.

Perdoni'm aquesta efusió, senyor P. Confio que se saltarà aquells fragments que trobi desagradables en el cas que n'hi hagi, però crec fermament que si un té quelcom a dir, doncs dit hauria de ser. A grans trets, tal com pot veure, aquest trasllat ha estat un encert. Com més lluny em trobo de casa, millor em sento. I m'imagino que mon pare també.

Capítol 6: tot va començar quan

DEIXO LA CARTA A LA TAULA. EL DOCTOR BISHOP LA recull. Al cap d'un moment, alça els ulls (amb un toc un pèl melodramàtic) i m'etziba:

—*Mai no has tingut cap nòvia?*

Vet aquí un metge del cap amb un morro que se'l trepitja. El miro, somrient, mentre penso en la Maria, i tot seguit, i sobretot, en l'Addie.

—Això són coses meves, doctor.

L'Addie, la cara amable de la qual —ulls lluents, pell pàl·lida, un somriure ample i acollidor— va aparèixer a l'època en què la bèstia sortia relliscant de la paret, en què jo sempre estava a punt de perdre el control, a l'edat de catorze, quinze, setze, disset, divuit, dinou anys: sempre repel·lent, jo, sempre al marge. L'Addie, a qui no vaig arribar ni a petonejar a la galta. L'Addie, que no he vist durant anys.

—*Ni tan sols quan eres adolescent?*

Hauria d'haver estat una època daurada, l'adolescència, amb tan sols els problemes habituals, com ara la preocupació pels grans i pel primer clau; tot hauria d'haver anat com una seda i hauria d'haver aconseguit arribar fins al final sense gairebé cap queixa, fent-la petar en bars amb gespa i cervesa autèntica, mentre el fum blau de les cigarretes franceses tan de moda aleshores pujava en espiral amb aquella flaire especial que feien, mentre m'apuntava als debats discussions acudits rialletes.

Però les coses no van anar així; al contrari, em despertava cada matí amb l'ànima als peus, desitjant que el son continués fins a convertir-se en una anestèsia que durés tot el sant dia per protegir-me dels fantasmes que havia començat a entreveure, que s'arrossegaven per sota de la pell de les parets de l'escola; del sofre que havia començat a ensumar en la pols i el clor de les sales d'estudiants; de les criatures invisibles que havien començat a observar-me de la foscor dels ulls d'escala estant, mentre m'adonava a poc a poc que el meu institut era un lloc simplement malèfic; tot i això, aconseguia mantenir els fantasmes a ratlla amb una cortina d'odi que jo generava i cuidava, sabent que era l'única possibilitat que tenia de no emmalaltir com els meus companys d'escola, els ulls dels quals havien començat a entelar-se, que ja es tornaven pastosos i indiferents, freds i prims com el gel sota la influència dels ens que s'amagaven a l'edifici i que semblava que només jo sabia percebre. A les aules i al pati i a la gran sala d'actes, tan antiga, fingia estar-hi a gust, feia un esforç per fer petar la claca amb els altres, sabent que era un ostatge en aquell lloc però decidit a no deixar-me encomanar la síndrome d'Estocolm: l'odi era el meu talismà i me'l vaig guardar arran del pit durant cinc anys llargs, de manera que no fou cap sorpresa quan, per fi, vaig sortir pel portal de l'escola per última vegada per trobar-me amb l'Addie Reed, que m'havia ajudat a la seva manera única, la meva companya d'ànima que va aparèixer —tal qual!— somrient a l'altre costat del carrer de maons vermells; la meva altra jo, millor, més lliure, despreocupada, mòbil, Addie, Addie, Addie, *què se n'ha fet, de tu?*

L'Addie sempre hi era al moment oportú, sempre hi era al moment oportú, sempre treia importància a les meves penes i maldecaps: les meves obsessions no tenien cap sentit per ningú llevat d'ella, que se'n burlava i les entenia a la vegada, amb els ulls d'algú que havia vist tantes coses, que considerava que inquietuds com ara les meves no eren res més que foteses.

Comptat i debatut, l'Addie havia estat la meva millor amiga en aquella època; de fet, sense ella, vés a saber què hauria passat; ara bé, fins i tot ella no va ser capaç d'evitar que m'ingressessin al frenopàtic.

Una nit plujosa, poc després del primer període de tractament, m'estava dret sota una pancarta enorme, hipnotitzat —*David Bowie live at Wembley*, una foto en blanc i negre amb un fons blanc—, i d'això es tracta, vaig pensar, la meitat de la gent actua per a l'altra meitat, i on, oh, on era el meu lloc enmig de tot això a l'edat de catorze quinze setze disset i ara poc més de divuit anys; vaig entrar a la taverna Cockney Pride a primera hora del vespre, quan podia seure en silenci olorant el mobiliari que feia pudor de la cervesa d'anit barrejada amb sabó fènic, podia sentir les cordes sentimentals de «Tommy» mentre em donava un cop d'ull al mirall del bar, el meu aspecte millorat considerablement per quatre Southern Comforts i mitja dotzena de White Shields, la meva americana de pana faltava poc perquè brillés a la llum groga, mentre a fora hi havia Jackson Browne Soft Machine Yes Steve Winwood Leo Sayer Linsey de Paul Deep Purple Jethro Tull Mott the Hoople Uriah Heep the Sweet Slade, la meitat de la gent actuant per a l'altra meitat.

De nou a l'aire lliure (ensumant una ferum d'orina i fènic mentre passava pel costat dels lavabos públics, la superfície negra i llisa de la plaça molla i lluent sota la pluja, uns quants vianants corrien per escapar-se del xàfec), vaig passar per davant de l'Angus Steak House l'Old Kentucky el Wimpy i vaig anar cap a Trafalgar Square, on vaig trobar els lleons ensopits, les ambaixades avorrides i inútils, i vaig travessar el carrer al deixant dels cotxes esquitxats de pluja; el que quedava de la meva autoestima va anar esvanint-se quan em vaig aturar a una banda del pas zebra perquè el semàfor m'ho havia ordenat, mentre al meu darrere hi havia, vius i escampats a l'atzar, els llums de la meva ciutat: rètols lluminosos aquí i allà, olors de menjar mal cuit surant en la brisa aquí i allà, i tots els que vivien en els seus caus i intersticis xerraven a poc a poc mentre xarrupaven cafès fumejants gerres de cervesa quantitats minúscules de vodka amb llima, tots aquells que s'estaven darrere els taulells d'espais il·luminats de neó, tots aquells que s'apressaven sota el plugim, sota els fanals i els arbres dels parcs, al costat del luxe amarg de botigues magnífiques i les façanes deteriorades dels cinemes que estrenaven l'última de Bond l'última de Roeg *The Man Who Fell To Earth*, i vaig fer cap al túnel d'un carrer tranquil amb les espatlles caigudes, ben xop, vaig passar per davant de les façanes negres de pols dels edificis, les petjades insonores de les sabates a les llambordes, i la ciutat que em deia adéu amb la mà, *adéusiau*, amb un somriure tort i astut que durava, oh, anys.

—No et veus amb cor de donar cap resposta? Com sempre, oi? Més val que t'acabis el te, abans que es refredi.

Agafo el te i el xarrupo, mentre miro el doctor Bishop en silenci. Ell xarrupa el seu, sense mirar a cap lloc en especial. Talment un obrer fent un descans. Taral·leja: una tonada coneguda, dels vuitanta, de Plastic Bertrand, «Voulez-vous coucher avec moi, *ce soir?*».

Havia viatjat bastant, abans de trobar-me amb el capullo del bar de l'estació de Victòria, avui fa un mes. Berlín. Viena. Praga. I París, és clar. Uns llocs fantàstics, una gent meravellosa, quina llàstima que em fos impossible —o difícil, com a mínim— explicar-los què hi feia allà. El que més m'agradava eren els instants després de la feina, quan solia anar-me'n sol a la deriva per la ciutat o poble en qüestió; prenia unes quantes copes en algun lloc, menjava un plat típic en una tauleta petita en algun racó, mastegava cada queixalada amb cura, fixant-me en la gran diferència entre aquell menjar i el del lloc anterior. O el d'Anglaterra. I tota la gent sense classificar, desconeguda, anant a la seva sense fer-me cas. Ideal.

Poc després d'haver tornat a Londres, vaig passar per davant d'una ganiveteria on venien absolutament qualsevol cosa que tingués una fulla metàl·lica, incloent-hi navalles per afaitar de les antigues i estris per pelar patates. Em va estranyar no haver-m'hi fixat abans, en aquesta botiga, sent com era del barri. Les fulles omplien l'aparador que reflectia la llum intensa del sol. Vaig quedar bocabadat, fascinat per la mostra. Hi vaig entrar. Era una botiga de les d'abans, on desaven el gènere en una sèrie de calaixos de fusta que omplien tota la paret de darrere. Vaig decidir que compraria alguna cosa pràctica i vaig demanar que em mostressin alguns jocs de ganivets de cuina. Articles d'alta qualitat, molt ben fets.

Al cap d'un parell de dies vaig conèixer el meu segon home, aquesta vegada al metro. Seia al meu costat, i quan hi va haver una demora en una de les estacions, va començar a queixar-se del servei. Només obrir la boca va vessar un menyspreu que ho embrutava tot, em va preguntar què feia i em vaig empescar una mentida, com sempre. Ell, però, sense esperar que l'hi demanés (cosa que no tenia cap intenció de fer), em va explicar que era escriptor, entre altres coses, un escriptor publicat, per més inri, tres novel·les, havia començat a l'edat de divuit anys, quan ell i un grup d'amics van decidir d'escriure una versió pròpia d'una novel·la espanyola del segle dinou, *en anglès, és clar!,* va afegir amb un petit somriure afectat. Quan li vaig preguntar si es guanyava bé la vida escrivint novel·les, em va mirar i va dir, *oh, realment no estàs gens* au fait, *oi?*, i tot seguit va explicar que ningú no es guanyava la vida amb les novel·les avui dia, oh no, havia de fer classes per arribar a finals de mes. Vaig dir, *classes, que interessant,* on les impartia? Em va dir el nom del col·legi. No era aquell lloc, *el* lloc, però s'hi assemblava prou perquè l'interruptor mental se m'activés i s'encengués el llum verd. De manera que, quan vam intercanviar noms, em vaig inventar el meu a l'acte, per si de cas.

Se'ns van anar acabant les ganes de conversar. El tren encara no es movia, i alguns passatgers en baixaven, en grups reduïts; al final ell va dir, *de fet, em sembla que també aniré caminant, South Ken no és gaire lluny d'aquí,* i jo vaig arquejar les celles, *South Ken?*, vaig dir, *també vaig cap allà.*

Vam baixar plegats i vam caminar cap a una plaça envoltada de cases que tenien portalada. Vaig memoritzar el número de la casa on es va aturar i li vaig dir adéu; em va respondre amb força brusquedat, ja feia una cara de pomes agres que deia, tan clarament com si es tractés d'un rètol, que havíem passat prou temps junts i que no tenia gens de ganes de coneixe'm millor, però ui, vaig pensar, i tant que em coneixeràs millor, ens tornarem a trobar, no sé com, no sé quan.

Me'n vaig anar cap a casa, em vaig preparar i vaig tornar a South Ken. Cap a les vuit gairebé s'havia fet fosc del tot. Feia fred, a fora. No sabia si sortiria o no, però calia esperar, per si de cas. Vaig passejar una mica, amunt i avall, per entrar en calor. Volia acostar-m'hi, tocar el timbre, sentir la veu com sortia flotant:

—Hola?

Llavors li diria pel seu nom i veuria la seva cara astorada mentre obria la porta, el sentiria gemegar:

—Què hi fas, aquí?

I llavors li somriuria de la manera més amable possible abans d'empènyer-lo cap dins i agafar-li els braços, i tot seguit obligar-lo a caminar al llarg del passadís, cames ajudeu-me, cap al seu pis, i tancar la porta d'una revolada. Després, deixaria l'estoig de ganivets de cuina damunt una taula baixa de vidre al centre del menjador i en trauria el més llarg a poc a poc, mentre ell em miraria, hipnotitzat per la seva fulla d'acer inoxidable de catorze polzades; l'assenyalaria amb el ganivet, com si fos un dit, i li diria que segués. Seuria en una butaca còmoda, en el seu pis modern i còmode, i li xiuxiuejaria:

—Despulla't. I no diguis ni una paraula, o et punxo.

Just en el moment que estava a punt de marcar la primera línia de sang imaginària en la seva pell, vaig veure com ell en persona, l'article genuí, sortia al carrer, tot embolicat en una bufanda i un abric. Oportunament, el molt fill de puta es va posar a caminar d'esquena a mi. Vaig accelerar el pas fins a arribar al seu costat de la plaça i el vaig seguir, tranquil·lament, a una distància raonable. En realitat no m'havia endut l'estoig sencer, és clar, només un ganivet, un dels curts, a més. Duia una gorra de muntanya que em tapava tot el front, fins als ulls, i una jaqueta de paleta de color fosc amb el coll doblegat cap amunt. Mentre m'hi acostava em vaig adonar, exhilarant, que aviat li tocaria el rebre, a aquell cabró acabat, que jo estava a l'alçada de les circumstàncies, que tenia el que s'havia de tenir, i vaig caminar com més anava més ràpid (sense córrer, però) fins que les natges ja se'm movien com les d'un marxador olímpic, i el vaig atrapar i vaig treure el ganivet de l'infern de la jaqueta, i, ràpid, l'hi vaig clavar a l'esquena, provant d'encertar la zona dels ronyons. És clar, l'abric d'aquell fill de la gran puta era d'aquells cars i gruixuts, de manera que la fulla gairebé no hi va penetrar. No obstant això, va esgaripar unes quantes vegades, en successió ràpida. No vaig veure més coses perquè ja corria com una bala, amb el ganivet d'alta qualitat ja desat a l'infern de la jaqueta.

No havia comprat pas els ganivets de cuina amb vista a punxar la pell del proïsme, els havia comprat per trinxar verdures i tallar carn, però un cop presa la decisió, se'm va ocórrer que era força adient utilitzar un bon joc d'estris de cuina per tal d'infligir dolor a aquell imbècil prescindible, la cuina del qual devia ser, sens dubte, plena d'armaris de pi i llibres de cuina luxosos; a més, estava segur que ell solia xerrar sense fi amb els seus convidats sobre l'ús correcte del marduix i com rostir un ànec de granja, amb aquell aire en què jo m'havia fixat al metro, aquell aire despreocupat, aquell aire que jo li havia volgut treure amb una punxada ben forta. Sense alè, vaig alentir el pas i vaig fer cap al riu.

L'aire nocturn, glaçat, surava al llarg del riu i les llums es balancejaven a l'aigua; el riu, el riu que corria negre i fiable i jo que el mirava fixament; algun mal havia fet, com a mínim el fill de puta havia patit, el molt fill de puta havia fet algun crit. Jo solet, el superheroi amb una capa dels collons, havia donat un cop decisiu, havia ajudat a millorar el món, i amb això en tenia ben bé prou. Quan em vaig cansar de mirar el riu, vaig mirar cap amunt, a les estrelles, a les quals tot plegat els semblava bé. Més llestes que la tinya, eren. Res de crims, res de preocupacions. *Enhorabona*, deien les estrelles. Vaig fer una pipada rere una altra a la cigarreta, fins que al cap de no res ja l'havia convertida en burilla.

Vaig llançar-la a l'aigua i vaig continuar; travessava el pont just en el moment que un taxi hi va pujar. El vaig cridar, vaig baixar la finestreta i vaig donar la meva adreça.

L'endemà, l'Alan em va trucar. Tenia una feina per a mi, a Califòrnia, amb una productora nova que volia que les localitzacions fossin de la Costa de l'Oest. Vaig dir que segons el meu parer les localitzacions no importaven gens, no pas per la feina que solíem fer nosaltres, i ell em va preguntar si hi aniria o no. Al final vaig dir que sí, i ell, que molt bé, que ja ens trobaríem a LA al cap de tres dies. Vaig treure l'atles del prestatge, i allà la tenia, Los Angeles, un esquitx enmig d'un mar de punts innumerables: una terra de gent dura que demanava gots de cafè a crits, de treballadors cínics i fotetes, de caps de policia negres i cotxes amb pneumàtics que no paraven de grinyolar a cada cantonada que tombaven, de restaurants amb seients de seda, de grums que agafaven claus de cotxe com si ho haguessin fet tota la vida, un lloc que mai no havia tingut ganes de visitar, atès que, a mi, tot i que no havia sortit mai d'Europa, ja em resultava del tot conegut. Bé, vaig pensar, com a mínim em distrauré i així no em complicaré més la vida. Tal com t'estan sortint les coses a Londres, em vaig dir, si et quedes, no trigaran gaire a tenir un segon Dennis Nilsen al damunt.

El doctor Bishop s'acaba el te, deixa la tassa i empeny la safata cap a un costat, ja refrescat.

—*Bé, tornem-hi.*

Fa lliscar una altra carta cap a mi, a través de la fòrmica.

Capítol 7: Lowry (quarta carta)

Rue Antoine Chantant, París (gener, 1934)

Benvolgut senyor Patrick,

Ha passat una cosa absolutament extraordinària. Suposo que per a la major part de la gent deu ser una cosa habitual i normal i del tot consagrada, però per a una persona com jo, senyor P., no deixa de ser tota una notícia. Estic promès. Naturalment, més endavant ho comunicaré a la família, però no pas ara mateix, de manera que, ara per ara, confio en la seva discreció pel que fa a aquest assumpte.

La noia en qüestió és, ho dubtava?, la senyoreta nord-americana esmentada a l'última carta. Hem agafat el costum de passejar de nit, ella i jo, i, de tant en tant, ens asseiem en alguna terrassa: *jo aquí i tots vosaltres allà* (em dic a mi mateix mentre els homes i les dones i els nens passen per davant); *em caldria moure'm ben poc per estar entre vosaltres, per barrejar-m'hi, portat pel moviment de la gent, suspès en el xarop de l'instant.* Això és el que penso, situat a la taula sota la qual ens agafem les mans, jo i la noia que serà la meva esposa.

Només té vint-i-dos anys i és un bon plat, de debò. Una expressió nord-americana: un bon plat! Ulls de maragda i llavis vius que no cal maquillar. Cabells forts, de color castany. I podem parlar sobre qualsevol tema, ella i jo, una sensació que no recordo haver tingut mai amb ningú, ni tan sols amb la colla de Londres quan anàvem ben entonats. No, és llesta com ella sola, i sovint em mira amb una confiança que em fa venir ganes d'aixecar-me i bramar com un lleó. I quan l'horabaixa empolsega els carrers i la beguda comença a recórrer les venes, doncs, de cop i volta m'espanto, tot pensant una cosa òbvia: que ella, tal com és, no durarà per sempre, que tot això (nosaltres dos tornant a passejar, els fanals ja encesos) no és sinó un moment de res, arrabassat al temps que ens ha estat assignat.

Quan ens mirem als ulls, de vegades em pessigo discretament perquè no sóc precisament allò que se'n diu un robacors, tot i que, per a mi, les senyoretes sempre han estat... Com l'hi diria...? Si veig una mossa darrere un taulell, posem per cas, és com si em donessin un bitllet cap a un món poblat de noies rialleres, resplendents, entremaliades i encantadores, que s'empenyen les unes a les altres com si fossin nenes petites, que fan bellugar els cabells cada vegada que s'inclinen cap enrere mentre es fan un tip de riure, que es posen, de cop, a parlar molt seriosament (de nois?), de la maternitat que els espera (a algunes d'elles si més no), o de la seva pròpia existència, la seva pròpia existència!

Mai no he estat cap expert en res que no fos parlar, i només es pot parlar amb una noia durant un cert temps abans que els seus ulls comencin a buscar alguna cosa més interessant (com ara una taca a la paret), que és precisament cap a on havien acabat dirigint els ulls totes elles. Fins que vaig conèixer la Jan.

Mai no he sabut comportar-me d'una manera gaire satisfactòria amb les dones. Pel que es veu, això no és cap problema per a la Jan, i quan ens vam abraçar per primera vegada (a l'aire lliure, mentre ens estiràvem a la gespa darrere d'un monument: a França, aquesta mena de coses són perfectament acceptables), no se'm va acudir res millor que explicar-li l'argument de la meva novel·la encara no escrita, fil per randa, fins que ella es va queixar del meu pes. Quan ens vam aixecar i ens vam treure la rosada de sobre, crec que tots dos vam saber que trigaríem bastant a conèixer-nos bé.

(Quatre dies més tard.) Senyor Patrick, tinc l'honor de ferli saber que ens vam casar ahir mateix. Una cerimònia ben senzilla i cap a casa s'ha dit, amb uns amics, a celebrar les noces. La vida en comú amb la J. ha començat molt millor del que hauria pogut imaginar. Hem decidit d'assaltar els Estats Units! Començarem d'una manera ben discreta, és clar, fent colar un conte aquí i un conte allà; no voldria presumir, però crec que els podré sorprendre a tots amb alguna cosa excepcional, realment excepcional! Tots dos treballem força, cada dia. Ens estem divertint d'allò més!

Han passat unes quantes setmanes, i li demano disculpes per la demora. Les coses estan, bé, hi ha hagut un canvi. No estic tan alegre com abans i de vegades tinc la sensació que ho estic engegant tot a rodar: surto un moment de casa, hi torno un moment, i torno a sortir un altre moment; i de tant en tant se m'acut que això que faig no és bo, i començo a rumiar per què deixo la J. sola durant dies sencers, o fins i tot setmanes, de vegades; per què sóc incapaç de quedar-me a casa, comportarme com Déu mana, seure a taula per sopar, dir-li que el menjar és deliciós i tractar-la com una esposa acabada de casar es mereix. Hi ha alguna cosa que no funciona, alguna cosa que no controlo, per més que m'agradi la idea del matrimoni feliç, una llar de foc que fa cric-cric i paraules dolces al vespre. Què ho fa que aquesta situació sempre em quedi fora de l'abast?

A propòsit de res en particular, l'altre dia, en un cafè d'un dels districtes menys salubres de la ciutat, em vaig trobar per casualitat amb un home, un nord-americà, també una mena d'escriptor, inèdit, com jo mateix, xerraire, com jo mateix. Vam començar a parlar i em va explicar algunes coses sobre un tipus que coneixia, un jueu alemany anomenat Liepmann que sí que ha publicat un llibre (que a més a més ha tingut força èxit), titulat *Matança a Alemanya*. Sembla que el que estan fent en aquell país és horrorós, que amb aquelles lleis noves han convertit els jueus —els jueus!— en proscrits, o pitjor encara. A aquest mateix Liepmann només li queda un any de vida per culpa de les lesions irreversibles que té als ronyons després que unes tropes d'assalt de la SA l'apallissessin al carrer, a Berlín. (També corren rumors que els alemanys volen exportar aquesta bogeria cap a Àustria, com més aviat millor.) En sent a parlar, de tot això, allà a casa?

Perdoni'm per haver d'acabar aquesta carta tan precipitadament. No em trobo tan bé com voldria. Tal com he dit, hem decidit marxar d'Europa; a veure què trobarem als Estats Units. Li enviaré la nova adreça de seguida que hi arribem.

Capítol 8: proscrits

VES PER ON, EL VELL TRUC DE LA CIGARRETA.

—*Tu mateix.*

Li torno la carta d'en Lowry i d'una revolada agafo un Senior Service del paquet obert que acaba d'aparèixer a la taula. M'inclino cap endavant per recollir el foc que m'ofereix, em reincorporo, faig una pipada, exhalo. El fum gairebé no es deixa veure sota la llum dels fluorescents.

—*Fas mala cara.*

Per què ho diu?

—*És a causa de la noia esmentada a la carta, potser? Et fa recordar algú?*

Un altre cop no, si us plau.

—*Potser és una altra cosa el que t'ha afectat?*

Dóna un cop d'ull a la carta.

—*El fragment que parla del Liepmann aquest, per exemple?*

Molt perspicaç.

—Potser.

—*La persecució dels jueus? És això?*

—La carta hi fa referència.

S'ha animat de cop.

—*I bé?*

—El tema preocupava en Lowry ja a principis dels anys trenta.

—*I?*

—En aquella època no hi havia ningú a qui li importés un rave.

—*Em sembla que exageres...*

S'interromp a ell mateix.

—*Ets jueu? És aquesta la raó per la qual aquest tema t'afecta...?*

Ha estat una pregunta estúpida o bé ha estat una pregunta estúpida?

—O sigui que, si no fos jueu, no tindria dret a sentir-me ultratjat per tot el que els va passar, oi?

—*De manera que et sents ultratjat, tu també? No és només en Lowry?*

Ui, molt llest. Ràpid com un llamp, afegeix:

—*Per què aquest tema és tan important per a tu? Vull dir, vas néixer el 1958, anys després...*

—I?

—*Doncs que per a tu tot això no és res més que història, no?*

—Història...

(L'olor d'humitat les parets grogues els vells assotadors de culets que assenyalen la pissarra.)

—...A l'escola, l'única cosa que ens van explicar de tot aquell període era que tot plegat va acabar convertint-se en una guerra d'allò més divertida, amb la gent que s'apilonava al metro, aplaudint els caçadors marca Hurricane i mirant pel·lícules propagandístiques sobre què havien de fer en el cas que trobessin un cap quadrat al jardí de casa seva. Si s'ha de jutjar per la manera com en van parlar, es podria pensar que la pitjor cosa que va tenir lloc —a més a més de les baixes militars— era que de tant en tant algun granger casat fotés un clau amb alguna voluntària jove del Land Army. Un cop acabada la guerra, la major part dels britànics volien fer creure que mai no havien sentit parlar de la qüestió diguem-ne antijueva fins al 1945, quan van veure aquell capellà anglicà amb cara de pasta de moniato que va emetre un reportatge al costat mateix d'una fossa plena de cadàvers, al camp de Bergen-Belsen. Però feia molts anys que la cosa s'anunciava, s'havia escampat pertot arreu, era pertot arreu, la bèstia...

A hores d'ara, està escrivint de pressa, com un boig. De cop, m'aturo. M'he passat. He divagat massa davant d'aquest funcionari de merda. Fa una pausa i arrufa les celles mentre torna a llegir alguna cosa que acaba d'apuntar.

—*Què és aquesta «bèstia» que dius?*

Ni una paraula més. Ni una puta paraula. Em mira breument i tot seguit revisa alguns dels apunts acabats de fer:

—*Aquest període t'importa, no n'hi ha cap dubte. D'una manera força obsessiva, diria jo.*

Obsessionat, i tant, obsessionat per les vides fetes malbé o terminades (en les circumstàncies més degradants) de tota aquella gent, a Berlín París Bucarest Varsòvia Praga Viena; en aquesta ciutat, per exemple —atapeïda de catedrals plenes de daurats i bebès que tocaven la trompeta (una ciutat els fanals de la qual lluïen als vespres, les botigues de la qual eren farcides de pells i les gentades de la qual caminaven amb orgull dins la seva roba color gris marró)—, uns grums amb cara de lluç portaven paperets discrets ficats en tasses de te buides cap a certes parelles, que llegien els paperets (que els informaven que, *a ells*, no se'ls serviria) i se n'anaven a l'acte, fent que no amb el cap mentre se'ls disparava paraules a l'esquena, paraules que volaven tal com ho feien les escopinades que escopien homes sants sobre textos sagrats en llocs sagrats expropiats per homes joves que portaven mocadors tipus *boy scout* que s'inclinaven enrere i no paraven de fumar i només s'aixecaven per colpejar les columnes vertebrals i els caps dels homes sants amb porres de goma quan aquests badaven boca, o bé per escopir a les boques dels homes sants de manera que aquests poguessin continuar escopint als textos sagrats durant una bona estona després que la pròpia saliva se'ls hagués acabat; acabats, també, estaven els homes i les dones que s'estiraven de boca a terra sota un cel gris mentre fregaven les llambordes, fent servir aigua barrejada amb àcid perquè les mans els cremessin mentre treballaven; de reüll, podien veure les cames d'uns ciutadans que reien mentre unes noies que portaven gavardines negres i guants de pell i els cabells curts, de moda, caminaven amunt i avall per comprovar que cap dels agenollats estigués fent el gandul, de la mateixa manera que no podia haver-hi ganduls a la casa on vivien les dues germanes obligades a ballar, els cossos nus coberts d'hematomes, que provaven de fer un vals mentre els observaven homes joves que portaven uniformes grisos, un dels quals feia anar la gramola, feia que les germanes ballessin pit contra pit mentre la mamà i el papà bramulaven en va des del menjador tancat amb pany i clau, mentre que en alguns altres llocs, en alguns altres llocs era cert que hi havia sales de reunions plenes de gom a gom que escoltaven oradors preocupats que malparlaven d'aquests esdeveniments, però la major part de la gent, la major part de la bona gent arreu d'Europa es mantenien ferms i freds, drets i amb les cames eixancarrades, balancejant els talons a la porta de l'oficina botiga departament governamental o bé edifici universitari; nens petits endrapaven el seu menjar davant dels pares, el silenci exemplar trencat tan sols pel mastegar sorollós; les secretàries anaven al trot cap a la feina i les famílies passejaven als jardins sense ser conscients de la gent obligada a menjar l'herba, de les dones embarassades obligades a donar voltes i més voltes sense parar, dels homes enfilats a les branques obligats a xisclar com micos, mentre arreu d'unes regions i unes províncies verdes sense nom els homes i les dones i aquells nens prou grans per aguantar-se drets corrien, corrien corrien corrien cap a clarianes apartades, corrien entre pilots alts de terra, corrien agafats de la mà fins que arribaven a la paret, corrien pel barranc, s'afanyaven per no endarrerir-se, observats al·llarg del camí per homes joves que esperaven fumant cigarretes i passant-se ampolles d'aiguardent els uns als altres, fins que els corredors deixessin de córrer; de vegades l'aiguardent els pujava al cap, als homes joves, que sovint feien tard a la feina i amb l'estómac buit, de manera que havien de fer un esmorzar complet a la vista dels excorredors cansats que no havien menjat o fins i tot begut gaire cosa durant setmanes; però quan, per fi, els homes joves es posaven a treballar, sovint ho feien malament, i en comptes d'haver-hi capa rere capa de cossos nus que queien els uns sobre els altres d'una manera ordenada, com calia, hi havia un desgavell de cal Déu perquè molts dels cossos, encara amb vida, es bellugaven i sagnaven els uns damunts els altres, i a voltes les fosses es cavaven per sota del nivell de l'aigua subterrània, de manera que l'aigua no parava de pujar i els cossos —fossin morts i quiets o vius i gemegaires— començaven a surar; i de vegades es donava la gran casualitat que alguns d'aquests cossos provenien de les mateixes ciutats que els joves guàrdies que supervisaven aquest fiasco, i, per tant, aquests els miraven —als veïns que solien repartir el carbó o oferir-los préstecs bancaris i que ara es rebolcaven en l'aigua fangosa— amb una certa nostàlgia, perquè aquests cossos inevitablement els feien pensar, volguessin o no, en el *heimat* llunyà: camps ondulants i muntanyes espadades, boscos sense fi i pastissos de xocolata cremosos i saborosos i pa de gingebre deliciós a la venda en botiguetes amb aparadors fets de dotzenes de fons translúcids de gots de vidre…

Acluco els ulls un parell de cops perquè sento com un parell de llàgrimes incontrolades en sobreeïxen a poc a poc i no vull que aquest pixa tova amb estudis les vegi.

—*Et passa alguna cosa?*

Aquesta situació, per a mi cada vegada més humiliant, s'estronca gràcies a la intervenció del comissari que em va interrogar ahir: és un home més aviat gras —porta un anorac encoixinat mida XXL— que té uns grans braços gruixuts i una papada tan bellugadissa com la d'una aristòcrata envellida i que es vessa per damunt del seu coll. Treu el nas per la porta i parla directament al doctor. Un accent escocès.

—Tot bé aquí, Murray?

El doctor Bishop abaixa la seva tassa.

—*Poca cosa encara, Rory. Vull una mica més de temps; si no el necessites, és clar.*

—No el necessito. Encara no.

Sense mirar-me, m'assenyala amb un dit molsut.

—Encara estem regirant les seves coses. La goma russa que portava estava ben encebada. Si l'hagués fet detonar, hauria pogut fer volar les reixes del palau de Buckingham.

Ara em mira a mi:

—Ens veurem més tard, senyor meu.

Se'n va. Tanca la porta darrere seu. Al cap d'un moment, el doctor Bishop diu:

—*El palau de Buckingham. No era aquest el teu objectiu, per casualitat?*

—No.

—*Un edifici governamental d'algun tipus? Potser culpes el govern de tot el que va passar durant la guerra?*

Somriu. Alguna cosa em diu que aquesta gent no em pren tan seriosament com podria. Sense més ni més, el doctor em passa la carta següent. Una de les meves preferides.

Capítol 9: Lowry (cinquena carta)

99, Perry Street, NY (juny, 1936)

Aquí no hi ha grills que facin ric-ric, senyor Patrick, però sí uns insectes negres que s'arrosseguen en silenci a l'interior dels aparells de ràdio, darrere les pantalles dels cinemes, al fons dels contenidors de brossa, que és com anomenen aquí les galledes de les escombraries.

Els bars són llocs subterranis, en els quals els homes beuen amb una vergonya fingida.

Però cal mirar el costat «bo» de la vida: la Jan i jo ens estem esforçant de debò per publicar els nostres escrits. Ens donen audiència en unes oficines amb plafons de pi a les parets i una vista dels gratacels, i sempre hi ha una encaixada càlida al final i un somriure reconfortant, *els tindrem en compte, senyor i senyora Lowry,* i tot seguit ens n'hem d'anar a l'entrevista següent. Tots ens estrenyen les mans amb la mateixa fermesa tranquil·litzadora i cap d'ells no té la més mínima intenció de publicar res nostre...

Com un escarabat que cuita a amagar-se, em moc furtivament per davant dels llums elèctrics nit rere nit, per davant de les adrogueries i locals nocturns amb noms com ara The Pink Pussycat, a través de barris que són com l'infern amb cartelleres publicitàries, però a tocar de cases que farien que alguns prínceps estrangers se sentissin poca cosa. Aquí sé, sense ni una ombra de dubte, que no valc res, que no existeixo, que sóc prescindible, que sóc un home buit i sense budells, un home que les pedres han convertit en un nan.

De fet, no m'agrada gens aquest lloc. Hem parlat de viatjar a Mèxic.

Al cap i a la fi, i mal m'està de dir-ho, tot comença i acaba amb aquell que em va engendrar, senyor P., sí, el mateix que li proporciona —a vostè, però també a mi, és clar— els mitjans de vida; i m'agradaria dir sense embuts que sé, sé de debò, que és un home bo, considerat, que regeix el seu vaixell familiar amb una mà de ferro sense deixar d'estimar tots els que hi viatgen.

Amb quina mena d'encanteri m'ha hipnotitzat, el meu pare? Sé el que pensa de mi en el fons: que sóc la causa perduda, l'ovella negra de la família, i que, ben mirat, ell no pot ferhi absolutament res. No espera res de mi, i és per això que sóc l'únic de tota la família a qui envia una mensualitat.

Hauré d'acabar aquesta carta ben aviat. La Jan se n'ha anat uns dies. Cansada de la meva companyia, m'imagino. Fa uns quants dies que surto bastant sovint, de nit.

(Una setmana després.) Gràcies a un «amic» que deia que jo necessitava «ajuda», vaig ingressar en un «lloc» anomenat Bellevue. Una colla de xavals amb bates blanques insistien que ens asseguéssim a l'entorn d'una taula en pijama institucional i que provéssim de fer uns articles de vímet. Si el fàstic té una olor, és la que sortia a poc a poc d'aquell edifici de color marró crema, amb les seves carmanyoles fumejants, els seus exèrcits de gent sense coordinació, els seus soterranis amagats. Hi passen tota mena de coses absolutament espantoses. La J. em va donar de baixa tan bon punt em va localitzar. No hi tornaré mai més, mai més. Si hi ha alguna cosa que necessites quan surts de Bellevue, és una copa.

La J. i jo ho tenim decidit. Cap a Mèxic, sens dubte. Via Califòrnia.

Com a mínim, seré en un indret més exòtic, més assolellat: un pas més lluny encara de les xemeneies de Liverpool, el moll de Southport, la sal volant i més freda que el gel. Lluny de les noies que porten capells que aletegen en l'aire fred; més lluny dels esnobs i els brivalls, els senyorets i els xavals; més lluny encara dels vestits de xeviot, les branques i els branquillons esquitxats de neu, els refredats curats a poc a poc darrere uns vidres gebrats.

Veig que tant el nostre país com el de la Jan participaran en les Olimpíades de Berlín, tot i que ara no hi ha cap mena de dubte que els alemanys han demostrat que tenen una tírria tremenda específicament contra els jueus, que han començat a fugir del país en nombres apreciables. I sospito que tenen coses pitjors en reserva, coses realment molt pitjors.

Li enviaré la nova adreça quan arribem, com sempre.

Capítol 10: la feina i prou

—A VIAM QUÈ TENIM AQUÍ.

El doctor Bishop torna a llegir la carta atentament; cada vegada que veu alguna cosa que deu considerar suggeridora, em dóna un cop d'ull.

—*Oi que mai no has intentat fer d'escriptor, tu?*

Una pausa.

—*Bé?*

—No.

—*N'estàs segur?*

Què vol dir amb això? Què passa dins aquesta closca?

—*D'acord, si no vols contestar, no contestis. Què més hi ha aquí? Parla del seu pare...*

Una altra mirada cap a mi.

—*...però millor que no parlem de pares, oi? Encara.*

No era pas un home dolent, no pas un home dolent; de tant en tant deia coses que no hauria d'haver dit, i prou. Recordo una foto d'ell, acabat de casar, als esglaons de l'església, amb un barret de copa i un jaqué, feta per un fotògraf professional.

—*Ara bé, aquí també parla d'una estada en un hospital psiquiàtric. I tu...*

—I jo, què?

—*Mai has tingut alguna experiència comparable?*

Molt astut, doctor. Un hospital psiquiàtric on em van plantar (dèbil, feble, ximple) al bell mig d'una sessió de grup amb una psicoinfermera de Barbados i amb l'Alice, els germans de la qual l'havien violada en sèrie quan tenia quinze anys, i la com-es-deia?, tan grassa, que havia patit una crisi nerviosa a l'avió de tornada d'Egipte, i la noia sikh que havia acumulat tanta ràbia contra son pare que va tenir una apendicitis psicosomàtica, i l'exmonja irlandesa que s'havia donat a la beguda després d'haver fugit del convent a l'edat de trenta-tres anys, i l'amfitriona de l'alta societat a qui havien descobert sota el pont de Charing Cross —*què se n'ha fet, d'ells?*

—No.

Ordena les cartes —tic tic tic contra la fòrmica— i les hi deixa sense mirar-les.

—*No en sabem gaire cosa, de tu, oi que no?*

—Què vols dir amb això?

La bata blanca del bon doctor fa fru-fru mentre s'inclina cap endavant, traspuant sinceritat.

—*Com ara, què fas per guanyar-te la vida? El comissari en cap em diu que has declarat que feies de càmera professional.*

I tant.

—Així és. Fotos i pel·lis.

—*Ja. Quina mena de fotos i pel·lis?*

Mmm.

—Coses comercials.

—*I aquesta feina de càmera de fotos i pel·lis et va portar alguna vegada cap a...*

Consulta la carta.

—*...a Los Angeles? O bé a Mèxic?*

El fet és que no he dit on he passat les últimes setmanes a ningú; ningú; i molt menys a aquest capullo.

—*Sí o no?*

—Quiets!

Ella era a la grava, de quatre grapes (li devia fer mal), i ell, mig a la gatzoneta; acabava d'introduir la punta del penis al cul d'ella.

—Escolta, vull un pla angular des de darrere i llavors un parell de primers plans.

Em vaig ajupir per sota del model i vaig prémer el botó de la càmera. Llavors em vaig girar cap al tècnic de llum.

—Acosta't, vols?

Va apropar el llum portàtil fins a fregar les anques del model. Em vaig estirar de boca a terra i vaig filmar el penis i el forat del cul. Alhora que olorava la brisa marina suau tan típica de Califòrnia, vaig ensumar un tuf de collons caiguts i vagina ensopida. Em vaig posar dret. La model va dir:

—Vull un descans, tinc un tall al genoll.

Ja pensava que devia fer-li mal. El director va dir:

—Deu minuts.

El penis va sortir fent xap, i els dos models nus es van aixecar i van estirar les cames. Al darrere, una vil·la italiana estil segle divuit (feta construir a finals del mil nou-cents noranta per un milionari de Los Angeles) es dreçava a la llum del capvespre. Es veu que el productor (que jo encara no havia tingut el plaer de conèixer) l'havia llogada perquè considerava que l'aïllament i la grandiositat del lloc el feien immillorable com a localització per al primer dels dos llargmetratges que rodàvem.

Durant el descans em vaig mantenir al marge, sense parlar gaire amb l'equip ni els models, com sempre. L'actor no deixava d'estirar-se-la, a marxa lenta, fins que l'Alan va picar de mans i vam tornar a la feina. El proper pla era més complicat:

s'hi havia de veure «l'hisendat» de la finca dret al camí, vestit del tot; després havia de caminar enfurismat cap a la parella que practicava el sexe anal (se suposava que la noia era la seva esposa, i l'home, el «guardabosc»). Tot seguit ella li tallava el mal rotllo a l'hisendat baixant-li la bragueta i xuclant-li la cigala. En la propera escena apareixia el fill del guardabosc; ella (sense deixar anar la cigala del marit) s'ajupia damunt del fill, que la penetrava alhora que el guardabosc li pistonejava el forat del cul. Llavors, seguint les ordres del director, tots els models es van treure les cigales a la vegada i van deixar anar l'esperma per damunt de l'esquena de la femella. S'hi va afegir una mica de pasta d'ametlla per millorar-ne la consistència, i vaig filmar l'últim pla del dia. L'actriu va insistir que l'endemà treballéssim damunt una superfície tova i dintre de la vil·la, *d'una puta vegada*. L'Alan va dir:

—Cap problema, maca. Ja no necessitem més exteriors.

Aquella nit sèiem i xerràvem tranquil·lament a l'entorn de la taula del menjador. El maquillador no era del ram, i tenia ganes de saber per què ens hi havíem ficat, nosaltres. L'Alan va dir:

—Oh, et trobes amb algú que sap de què va la història, assisteixes a una filmació, els dónes un cop de mà, potser, i veus que no n'hi ha per tant. Cossos humans, i prou. Oi?

S'havia girat a la resta. Una de les actrius va dir:

—Sorpresa, sorpresa, ho fem pels diners.

El maquillador va dir:

—Així de senzill?

—No som monstres, saps? —va prosseguir l'Alan—. Tots tenim un historial del tot normal, oi?

Vaig beure més vi. L'Alan va afegir (amb el seu accent del nord, que sempre li he envejat):

—Això sí, de vegades hem de ser discrets. No passa res amb això que estem fent aquí, però quan anem a Mèxic demà, la cosa serà un pèl arriscadeta...

Estava a punt de dir que ningú no me n'havia dit res, d'un viatge a Mèxic, però una de les noies em va passar al davant.

—Què vols dir, «arriscadeta»?

L'Alan va arronsar les espatlles, va somriure, va fer un glop:

—Oh, un parell de models que farem servir allà baix encara no tenen divuit anys. Els falta poc, però si ens les enxampen durant un rodatge a aquesta banda de la frontera, l'hem cagada. Mira, el productor ha insistit a fer-les servir, de manera que demà cap a Mèxic i ja està; allà no tindrem problemes.

Vaig dir:

—Haver-m'ho dit, Alan...

—Jo mateix no ho vaig saber fins que vaig arribar aquí, d'acord? Segons el tracte, hem de fer dues pel·lícules, i cal filmar la segona al país del tequila, què cony vols que hi faci?

L'endemà era l'últim dia de rodatge a LA; l'escena final era un seixanta-nou en què dos dels actors es van afegir cap al final: un va penetrar la vagina que un altre ja llepava, i l'altre va alternar el penis amb el que l'actriu ja xuclava. Vaig haver de fer salts amunt i avall com el Zebedee per aconseguir plans consecutius des de tots els angles.

Vam acabar a mitja tarda, i ho vam celebrar a l'aire lliure, amb xampany. Feia una tarda així així, hi havia núvols i feia fresqueta. Vaig passejar cap a la vora d'una fosseta; vaig ensumar la brisa, que feia olor de fulles fredes; m'havien relaxat les hores de penetració i masturbació i ejaculació i cunnilinció i boques que ingerien seccions de penis aguantades per unes mans fines que portaven anells; sí, tot m'havia fet sentir a gust, des de les natges empolvorades i tornades a empolvorar pel maquillador fins als gemecs ara simulats adés genuïns; havia estat agradable, ser aquí: tres dies de pell i obertures en la pell i pell endurida, i en aquell moment la brisa portava una mica de plugim de l'oceà Pacífic; hi havia tota una cortina de pluja que avançava camps a través. Em vaig estremir quan l'Alan em va donar un copet a l'espatlla; va dir:

—Més val que ho sàpigues, ja: seràs l'únic membre de l'equip que m'acompanyarà demà a Mèxic. El productor ha insistit a portar els seus propis tècnics de llum i so.

—Qui és? David Puttnam?

—Un senyor rus força exigent. Per què no tornes a pujar i t'apuntes a la festa? Hi ha una senyoreta allà dalt a qui no li importaria gens estirar-se panxa enlaire per tu, ho sabies?

—Gràcies, Alan, però no.

—Sempre igual, Déu meu. Fins demà al matí, doncs.

Mentre l'Alan se'n tornava cap a la música i la xerrameca, vaig fer un glop de xampany, que encara xiuxiuejava; vaig sentir com em relliscava gola avall, i vaig pensar en les coses que havia començat a fer a Londres i els impulsos i de com m'havia estat impossible de controlar-los, però tot seguit em vaig dir que tot aniria bé si estava per la feina, que pensés només en la meva feina i res més, res més.

Faig que sí amb el cap.

—Passa que vaig visitar Los Angeles no fa gaire.

El bon doctor somriu d'orella a orella. De cop i volta tinc la sensació que, darrere les parets d'aquesta sala massa il·luminada, hi ha una fressa sobtada però somorta, com d'insectes que es retorcen en un guix encara no solidificat.

—*Et va agradar?*

—No tenia temps per visitar els llocs d'interès. Massa feina.

—*Fotos o pel·lis, aquesta vegada?*

—Pel·lis.

—*Bé.*

Dóna un cop d'ull a la següent carta.

—*Quina casualitat, no et sembla, que una d'aquestes cartes, pel que es veu, fos enviada des de la mateixa ciutat?*

—Pel que es veu? En Lowry realment hi era, en aquella època. Està documentat, això.

—*Com ho saps?*

—Surt a les biografies.

—*De manera que les has llegit?*

Abans que pugui dir res, afegeix:

—*Mirem la carta en qüestió, no? A veure què hi posa, sobre Los Angeles.*

Me la llança.

SEGONA PART:

EL PASSAT ÉS EL NOSTRE ÚNIC PAÍS

Capítol 11: Lowry (sisena carta)

Glendale, Los Angeles. (Octubre, 1936)

Benvolgut senyor Patrick,

Hem aconseguit arribar a aquesta ciutat polsosa, plena de palmeres mortes: la ciutat natal de la Fàbrica dels Somnis, i tot això. Ens estem a casa d'uns amics.

Ja hem donat una volta amb cotxe per Beverly Hills i hem vist les cases amb pati exterior tipus hisenda espanyola, darrere les portalades reixades de les quals només es pot entreveure alguna estrella de cine quan s'acosta, com qui no vol la cosa, a una de les finestres durant un momentet, abans de tornar a desaparèixer cap a la foscor dels seus interiors enfarfegats; la Jan i els altres no paraven de badar la boca i dir una bajanada rere l'altra, però a mi tant em feia, seia al seient de darrere sense alçar els ulls: he hagut de venir aquí en persona per adonar-me que m'importa un rave el glamour, la Gent Daurada, les Rosses Platí, les Deesses Vampiresses i tota la xafarderia del món cinematogràfic que tant engresca a tothom. Marxarem aviat (Mèxic).

Em pregunta pel tema de l'escriptura... Ara per ara no va gaire bé, la veritat. Quin sentit té?, em pregunto. Potser no hi tinc prou interès, prou interès de debò. Potser ha arribat el moment de deixar-ho córrer.

Em maleeixo quan miro com les portes de la ment es tanquen a poc a poc i amaguen les joies que he anat abassegant per al lector meravellat que imaginava quan era adolescent, quan l'única cosa que volia fer era obrir aquestes portes i deixar que els diamants brillessin per si mateixos: desembarassar-me de tot allò feble i lleig i trencadís, tota la quincalleria acumulada, i així sentir-me net, ben net! Que pogués aplicar el bisturí i fer una incisió, una sola, perquè la sang s'il·luminés mentre relliscava, per poder treure tota la pell d'un cop i fer que el cor i els pulmons bateguessin sense que hi hagués res entre ells i l'aire blau que anhelava netejar del tot! Ara que sec aquí a la veranda (la pols daurada per la llum del capvespre, els crits llunyans dels nord-americans com els d'un gat atrapat en un arbre) em meravello de la pròpia incapacitat de ser qualsevol cosa menys el producte que era quan vaig néixer: una soca tacada de floridura i molsa i escorça morta i paràsits, cada vegada més paràsits, efervescents i repugnants, atrapant-me, aïllant-me!

(~~Quan tenia setze anys, m'agradava imaginar que era una mena de cantant, amb una veu que els deixaria a tots parats; després que haguessin desestimat la meva sol·licitud per al lloc unes quantes vegades, vaig estar content de ser   com si diguéssim   un membre del cor i prou; i a hores d'ara ja no sóc ni a l'església, vagarejo pels voltants, escolto a través de les parets com les harmonies surten rodolant de les boques dels que s'hi senten a gust.~~)

Quin descans, al cap i a la fi, aquí entre els tarongers californians! M'escalfo al sol a la veranda tot el dia, com un gos rebentat.

Fan servir un llenguatge diferent aquí, més àgil i menys restringit que el d'Anglaterra, que sona, en comparació, com un avi bramant pel forat del pany, fins que un té la sensació que l'anglès de la Reina ja no pot donar més de si (com un biplà antic, aterrat per sempre més, en Biggles desplomat a la cabina, a les acaballes, el bigoti gris tipus morsa esborrifant-se al vent).

M'ha sorprès, senyor P., dient que va convèncer la seva promesa d'escapolir-se per veure una pel·lícula del Valentino sense el consentiment dels pares. *Els quatre genets* o *El xeic i el seu fill*? Déu n'hi do, el seu funeral, no? Em pregunta si vaig gaire sovint al cinema. N'he vist unes quantes, de pel·lícules, he passat estones molt divertides al cine.

Una altra baralla amb la J., sobre res en particular. Quin mal que fan les seves paraules, però! La misèria de tot plegat! És tan jove i bonica, i té la veu tan alta i clara, que cada paraula que diu se'm clava en algun punt dèbil i tot sembla tan extraordinàriament important en el moment que passa, tot i que em veig d'aquí a deu anys brandant el cap, incrèdul, pensant en aquestes paraules infantils que ens vam escopir l'un a l'altre, convençuts com estàvem que tenien tant de pes, que eren tan mortíferes: agulles que clavàvem en la cera tova de l'altre.

Però no crec que res d'això ens impedeixi travessar la frontera mexicana plegats. Ja no importa què hi trobarem, no n'espero res, senzillament vull sortir de la ciutat de les estrelles, que es torna cada vegada més ensopida, plena de gent queixant-se dels papers que haurien d'haver aconseguit, en uns bars tan foscos que cal tenir l'equip direccional d'una ratapinyada per caminar entre les taules.

La J. ja té els bitllets. Sembla que partirem cap a Mèxic demà, divendres.

Capítol 12: el passat és el nostre únic país

—EL QUE M'INTERESSA ÉS AQUEST FRAGMENT D'AQUÍ. El doctor Bishop ha retirat la carta; assenyala la secció ratllada, amb el dit.

—*És força incoherent i deu ser per això que l'autor el va voler suprimir. Deixa que te'l llegeixi sencer: «Quan tenia setze anys...*

Les paraules ressonen a la sala resclosida, enlletgides —traïdes— per la seva veu abrupta.

—*»...m'agradava imaginar que era una mena de cantant, amb una veu que els deixaria a tots parats; després que haguessin desestimat la meva sol·licitud per al lloc unes quantes vegades, vaig estar content de ser —com si diguéssim— un membre del cor i prou; i a hores d'ara ja no sóc ni a l'església, vagarejo pels voltants, escolto a través de les parets com les harmonies surten rodolant de les boques dels que s'hi senten a gust.*

S'inclina cap enrere, les celles alçades.

—*»...m'agradava imaginar que era una mena de cantant... a hores d'ara ja no sóc ni a l'església.» Vet aquí l'adolescent com a* outsider *permanent, un desconegut que mai no té cap oportunitat de lluir-se; una mena de geni bandejat, per dir-ho d'alguna manera.*

Per dir-ho d'alguna manera, petit imbècil insuportable.

Dóna un copet a la taula amb el boli.

—*Saps qui és Ian Brady?*

Ha canviat de rumb.

—És clar que sí. I?

—*I Peter Sutcliffe? I Dennis Nilsen?*

Un moment, un moment.

—I?

—*Doncs, endevina què tenen en comú, aquests homes violents i patològics i altres homes semblants?*

Digue-m'ho tu.

—*Tots creien que eren, precisament, uns genis bandejats, uns* outsiders *a qui no se'ls donava cap oportunitat de contribuir en res.*

Torna a la transcripció del paràgraf que acaba de citar.

—*Se sentien, per dir-ho així, «fora de l'església». I això els enfurismava. Tant, que al cap i a la fi van decidir cometre crims d'una violència esborronadora. Doncs bé...*

Oh, com l'odio, aquesta veu bleda que ara busca un cop d'efecte.

—*...podria ser aquest el teu cas?*

talment escarabats, s'arrossegaven amb pressa per l'empedrat, els ulls brillants amb intel·ligència fingida; la seva xerrameca d'insectes omplia aquell bell bell cony de pati que tenia uns quatre-cents anys, les seves pedres gastades per generacions senceres de gent de bé, la puta que els va parir

—No. Escolta, jo no vaig escriure aquesta carta, saps?

Un somriure fugisser, lliure de dents.

—*És clar. Un lapsus. De manera que m'equivocaria si et qualifiqués com un jove violent, doncs?*

Vol que li foti una hòstia o què?

—T'equivocaries, sí.

Em fa l'efecte que ara realment no sap què dir. Llavors fa un gest despreocupat, com si el molestés una mosca.

—*D'acord, d'acord, tornem a la qüestió de la teva feina. Dius que has treballat a LA. També t'he preguntat sobre Mèxic.*

—I?

—*Doncs, hi vas treballar alguna vegada o no?*

Oh, Déu. Mèxic.

No hi ha res com els turons en forma de teta d'Oaxaca. Era un plaer, deixar que m'hi portessin des de les altures asfixiants de Ciutat de Mèxic; fins i tot a finals d'octubre el cel era d'un color blau que no tenia res a veure amb el blau aigualit, el blau a mitges del cel fastigós de Londres, sinó que era un blau que convidava a ser observat detingudament, un blau punxat per les atzavares; en fi, era tot un plaer anar com una bala carretera avall al seient de davant d'un cotxe còmode fins al portal d'una hisenda immensa de parets blanques, on hi havia una piscina buida en què s'arremolinaven fulles empeses per una brisa viva; no hi havia ni una ànima a la vista.

—Mèxic? Hi vaig anar una vegada, només.

—*Què hi feies?*

L'Alan va dir:

—Deuen ser tots a dintre.

Vaig obrir el maleter i vaig començar a treure els estris. Ell va anar de dret cap a la porta principal i hi va trucar. La va obrir una noia molt maquillada. Va badar la porta i ens va mirar mentre traginàvem els llums, la càmera, les capses d'objectius i l'estoc de cintes cap a una entrada de color marró que feia olor de pols. Semblava borratxa i un pèl nerviosa a la vegada.

Va entrar en una cuina que era just davant nostre, va seure a una taula i es va servir un got de tequila. Va dir:

—«Boss», a dalt.

L'Alan va dir:

—Gràcies, maca.

Vam deixar les coses a l'entrada i vam pujar l'escala. Vaig murmurar:

—Em vas dir que encara no tenia divuit anys, oi? Encara no en deu tenir catorze, diria jo.

Va arronsar les espatlles.

—I a nosaltres què ens importa?

A dalt, un home de pell lluent i rosada amb els cabells color de palla tallats al zero seia a una taula de vidre; duia un vestit blanc i una camisa negra espitregada. Hi havia un mirall a la taula de vidre i, damunt el mirall, un pilonet de coca que un mexicà jove i forçut (que portava una samarreta amb les mànigues escapçades segurament perquè els seus bíceps poguessin gaudir de més *lebensraum*) dividia en ratlles. (Duia els cabells recollits en una cua tan petita, tan petita, que semblava un pensament voladís.) L'observava un altre mexicà, un tipus esprimatxat que feia la impressió de no menjar gaire. Fullejava un exemplar de la revista *Pirate*. A l'altre extrem de l'habitació dos homes més treien les peces d'un equip tècnic d'unes caixes metàl·liques. Al seu darrere hi havia una llar de foc gran, en desús; al faldar hi havia un bust d'un home amb una perruca.

—Tot bé, Dimitri?

L'Alan va encaixar la mà del productor alhora que m'assenyalava:

—El nostre càmera, aquell de qui et vaig parlar, un dels millors de la indústria.

El rus ni em va mirar; va dir (amb una ganyota foteta):

—Això està bé, perquè aquest tipus pel·lícula sovint és, saps, cursi, i la volem bona, professional, pel·li de debò, eh?

En aquell moment se'm va encarar i em va donar un copet fort a l'espatlla. Llavors va assenyalar el mexicà forçut, que passava l'aspirador nasal a una ratlla llarga de pols.

—Això, és Antonio.

Va indicar el mitja burilla:

—I això, Eduardo.

No ens van fer cas. L'Alan va dir:

—Entenen l'anglès?

Dimitri va fer que no amb el cap.

—Jo tradueixo.

—Molt bé.

L'Alan es va girar cap a mi.

—Vés i tingues un encontre de la tercera fase amb la resta de l'equip. Vull parlar amb Dimitri sobre com ho muntarem, tot això.

Em vaig acostar als altres, vaig dir hola en anglès, però no em van contestar. Vaig provar amb una mica d'espanglish, i vaig aconseguir que un d'ells em respongués amb un «*Hola, qué tal?*» poc entusiasta. Vaig decidir d'anar a buscar la càmera i les bateries.

Mentre sortia, vaig sentir com l'Alan deia cridant:

—Però, Dimitri, per què collons no m'ho havies dit?

I la veu de Dimitri, ben tranquil·la:

—Vols veure com busco altre director?

Aquesta vegada en passava alguna, una discussió sobre diners segurament; no suporto les baralles i vaig decidir empassar-me una mica de tequila, per matar el temps; vaig baixar i vaig entrar a la cuina; la noia em va ignorar; vaig agafar un gotet de l'escorredora, el vaig tornar a esbandir per si de cas (més val pecar de prudent, mai no saps què pots agafar), el vaig omplir del tot fins a dalt del líquid de l'ampolla que hi havia a la taula i em vaig acostar a la finestra, més enllà de la qual, al rerefons, hi havia el cel blau, net de núvols, i a primer terme, un jardí descurat vorejat per una paret baixa de pedra que sostenia uns gerros de pedra col·locats a distàncies iguals. Un jardinet bonic. El tequila m'entrava lliscant, com si fos melassa, i em vaig quedar plantat, esperant que fes efecte, ruminant sobre si me n'hauria sortit si hagués apunyalat aquell tros de merda a Londres per segona vegada: així, ell s'hauria quedat a l'hospital uns quants dies, amb uns esparadraps enganxats a l'abdomen; sí, ho hauria d'haver intentat un altre cop...

—Tothom a les dutxes!

Evidentment, l'Alan ja havia arreglat el problema amb Dimitri, i per tant vaig començar a traginar l'equip tècnic escales amunt.

Havien bastit una creu gegant en forma d'X davant de la llar de foc. Els de l'equip van encendre els focus, van córrer les cortines i van apagar els llums de la casa. Silenci total. L'habitació feia pudor de resclosit. Antonio i Eduardo van tornar a entrar, aquesta vegada vestits de monjos; semblaven *mafiosi* mal disfressats, trets d'alguna comèdia italiana de sèrie B. Dimitri va començar a donar-los ordres, assenyalant el plató. Mentrestant, hi va entrar la noia, embolicada en una tovallola de bany; ara que s'havia dutxat, semblava encara més joveneta. De tant en tant, donava un cop d'ull a la creu. Semblava inquieta, segurament perquè no tenia gaire experiència en aquesta mena de pel·lícules. Els homes tampoc em feien l'efecte de ser uns professionals habituals del ram.

La noia va substituir la tovallola per un llençol estripat, que, vaig suposar, havia de passar per una mena de túnica d'època. Per indicar que em preparés, l'Alan va fer petar els dits (cosa que només feia quan estava nerviós).

—Estem a punt. Posicions!

Tot seguit aquestes mateixes ordres van ser lladrades en espanyol, des del fons de l'habitació. Em vaig adonar que Dimitri ja seia amb un guió obert a la falda; fumava un cigar petit i observava l'escena amb un posat prepotent. La noia es va inclinar per sobre de la juntura central de la creu, d'esquena a nosaltres. La vaig enfocar, i em vaig girar cap a l'Alan:

—Res de maquillatge?

Es va acostar al visor d'imatge per comprovar el pla.

—Per a aquesta pel·li, no cal.

Es va girar i va assenyalar Eduardo amb el dit:

—Acció.

Eduardo va entrar al pla i va aixecar la túnica de la noia, que va quedar amb el cul exposat als focus. Llavors ell es va agenollar i li va besar i llepar les natges, abans de separar-les amb les mans. De cop i volta, Dimitri va cridar alguna cosa en espanyol. Les mans de l'actor van començar a pessigar les natges de la noia, fort, mentre els dits s'inserien esporàdicament, sobtadament, tant al cony com al cul. Vaig alçar la vista. La noia, inclinada per damunt de la V de la creu, feia ganyotes de dolor. El noi li va mossegar una de les natges i va xuclar-ne la carn. Vaig veure com la noia serrava les dents, i vaig mussitar a l'Alan:

—És al guió, això?

Va etzibar:

—Estigues per la feina. Ja saben el que es fan.

—Me n'alegro.

L'Alan va picar de mans:

—D'acord, talleu!

De manera inesperada, i perfectament conscient que ningú no ho filmava, Eduardo va fregar el clítoris de la noia d'una manera brusca abans de posar-se dret, rient. Antonio, d'altra banda, ja es palpava la cigala. L'Alan va dir:

—El proper pla, amb la càmera en mà.

Vaig desmuntar la càmera i me la vaig carregar a l'espatlla. L'Alan va assenyalar Antonio amb el dit.

—Acció.

Antonio es va acostar, les faldilles de l'hàbit lligades a l'alçada de la cintura; ara la titola li sortia per davant, inflada i força impressionant, la veritat. Amb una sola empenta forta, va fer que la noia s'ajupís encara més per damunt de la creu. Vam agafar uns primers plans de la cigala d'Antonio i d'una cara suposadament retorçada pel desig —semblava que intentés aguantar un atac de diarrea—, i llavors vam enfocar l'actor en el moment que provava d'empènyer la titola dintre de l'anus de la noia. Va tornar a empènyer i la va introduir, però no gaire, i ella va cridar. Vaig mirar l'Alan, que s'ho mirava tot amb una cara ben poc feliç. Llavors, Antonio en va treure la titola i Eduardo s'hi va acostar corrent i va escopir al forat del cul, amb violència. Un cop més Antonio va provar d'entaforar-hi la titola, va aconseguir fer-la entrar una mica més aquesta vegada, ella ja no parava de gemegar, i tot seguit l'actor va treure la cigala, va agafar les natges de la noia d'una manera tan forta que el forat del cul va quedar ben obert; ell s'hi va inclinar i hi va deixar caure una escopinada llarga i lenta; de cop hi va introduir la cigala amb força, per tercera vegada. Aquest cop va entrar sense problemes, de manera que va començar a follar-la. L'Alan va dir:

—Primer pla.

El vaig filmar. Els gemecs de la noia ja s'havien convertit en esgarips. Plorava a llàgrima viva, tot i que els ulls se li mantenien ensopits i inexpressius. Ja havia vist com algunes actrius es queixaven durant les escenes anals, sobretot cap al començament, era una d'aquelles coses que passaven de tant en tant i solia donar peu a un descans i a l'aplicació de més lubricant, i ja està, problema solucionat. És a dir, no calia que aquella noia patís tant. Dimitri va cridar més ordres de la butaca estant. La seva veu tenia un to estrident que em feia posar nerviós. Eduardo es va situar darrere la creu i sense més ni més va introduir la seva cigala prima a la boca de la noia. Mentrestant, li xiuxiuejava alguna cosa que no feia la impressió de ser una floreta.

—Hòstia —va dir l'Alan—, quina mamada. Filma-ho.

La noia ja tenia la boca massa plena per esgaripar, però suava força i tenia els ulls ben tancats. Antonio continuava follant-li el cul, a base d'unes empentes cada vegada més violentes. Vaig deixar de mirar pel visor.

—Alan, estàs segur que saps el que et fas?

—Para de queixar-te, vols? *Merda*...

D'una butxaca amagada de l'hàbit, Eduardo havia tret unes xurriaques que semblaven del tot genuïnes. De cop Dimitri va deixar anar un reguitzell de paraules frenètiques, impossibles de desxifrar: sonava com un doblatge mal sincronitzat. Abans que jo o l'Alan poguéssim dir res, Eduardo va abaixar les xurriaques amb força contra l'esquena de la noia i, encara amb més força la segona vegada, mentre li agafava els cabells, la va obligar a empassar-se una porció més de la cigala. Més crits del nostre productor. Eduardo cardava la boca de la noia cada vegada més de pressa i no parava de fuetejar: ja empenyia amb tanta força que l'obligava, a ella, a aixecar el cap, de manera que refregava el coll contra la fusta de la creu; les xurriaques ja li havien causat més d'un tall a l'esquena, unes gotes de sang baixaven cap a les natges i queien a terra havent passat pels dos costats de la cigala d'Antonio, que continuava prenent la noia pel cul amb moviments d'autòmat; la noia brandava el cap amb energia alhora que feia uns esgüells esmorteïts, com si portés mordassa. Dimitri va cridar més ordres, i tot seguit Eduardo va passar les xurriaques a Antonio, que es va posar a flagel·lar la noia amb rapidesa mentre Eduardo la va agafar pel coll amb les dues mans i va començar a escanyar-la sense deixar de follar-li la boca.

Mèxic.

—Hi vaig anar per fer una pel·lícula.
—*Una altra?*
—Sí. Diferent de la que vam fer a Los Angeles.
—*Diferent? Com?*

La cara de la noia es tornava vermella. Dimitri, que ja dirigia l'acció, continuava xisclant ordres, mentre que l'Alan, que es veia cada vegada més desconcertat, semblava del tot superflu a la vora de la zona il·luminada. Vaig apagar la càmera, la vaig deixar i vaig anar cap a Eduardo i li vaig donar una empenta forta al costat, que el va fer caure a l'acte; tot seguit vaig empènyer Antonio cap enrere, fent que la cigala li sortís, xap, del cul de la noia. Ella va començar a buscar aire i a sanglotar a la vegada. Dimitri havia tancat el bec i em mirava fixament, com si m'hagués tornat boig. Vaig cridar a l'Alan:

—Que obrin els llums de la casa, cony! Ja! D'ara endavant no mouré ni un dit si no ets tu qui dóna les ordres. Només tu! Queda clar?

Dimitri va mirar l'Alan:

—Què passa amb el paio aquest? És *loco* o què?

Jo tremolava com una fulla i tenia els ulls esbatanats; una mica boig sí que m'havia tornat; vaig cridar:

—Què passa? Ja et diré què collons passa! Una mica més i la mates, aquesta noia!

Em vaig acostar a la porta i vaig obrir els llums de la casa, i el lloc hauria semblat gairebé normal si no hagués estat pels actors que feien cara d'ofesos i la noia que continuava somicant de la creu estant. Pel que fa a Dimitri, va somriure i va fer un gest tranquil·litzador amb les mans:

—OK, OK; tothom en calma. Podem relaxar. Anar prendre copetes.

L'Alan va mirar Antonio, els tècnics sorruts, la noia tremolosa, la sang. Va dir:

—Molt bé, pleguem per avui.

Junts, jo i l'Alan vam ajudar la noia a baixar de la creu. Perdia més sang del que ens havíem pensat i tenia uns morats enormes al cul. Vaig mirar l'Alan:

—Com vas conèixer aquesta gent?

L'Alan va dir:

—Algú que conec a París va donar el meu telèfon a Dimitri. Es veu que el paio ven armes, et pot proporcionar qualsevol cosa menys un projectil intercontinental, segons m'han dit. El món del cine li ve una mica de nou; em sembla que l'ha sorprès bastant, descobrir que la mutilació de l'estrella de la pel·lícula no és una pràctica habitual. No cada dia i a tot arreu, si més no. Sort que tu...

Llavors l'Alan em va mirar com si fos la primera vegada, i va somriure:

—M'has deixat parat, saps, ets el primer càmera que conec que es mostra preocupat pel que passa al plató, preocupat de debò.

El vaig mirar directament als ulls i no hi vaig trobar ni rastre de sarcasme.

El doctor diu:

—*Es dóna la casualitat que Mèxic és el lloc on es va escriure la carta següent. Dóna-hi un cop d'ull, si no t'importa. Mentrestant, perdona'm un moment, que he de visitar l'excusat.*

Empeny la carta cap a mi, s'aixeca i surt de la sala.

Capítol 13: Lowry (setena carta)

Cuernavaca, MÈXIC. (Desembre, 1937).

Bé, aquí ens té, sans i estalvis i vivint ben luxosament, amb un rierol que corre a través dels jardins, una minyona que ens renta la roba i un nen dels encàrrecs que sembla un àngel brut. Suposo que hauria de sentir astorament davant el cel cru i amenaçador de Mèxic, o quan llegeixo els noms —San Luis Potosí, Oaxaca, Jalostotitlán, Ixtlahuacán, Quauhnahuac...—, o quan veig els voltors dibuixant cercles, els leprosos emprenedors, els policies embriacs (i armats fins a les dents) i tota la resta. Però l'única cosa que realment em deixa astorat són els licors típics d'aquí: el tequila i, sobretot, el mescal (una beguda que porta cuc). Curiosament, la Jan i jo estem treballant molt: contes i apunts per a projectes més llargs, tal com fèiem durant els primers dies a París. Res de discussions. Escrivim tranquillament enmig d'aquesta terra zumzejant i coberta de cicatrius.

La J. em fa bona companyia sempre que no li parli de política, perquè llavors és com un tren sense frens *catacric catacric catacric* al llarg de les vies de la injustícia, la desigualtat, la falta d'humanitat dels homes... Porta el dolor del planeta a les espatlles però no crec que pugui encasellar un home difícil de classificar —com ara vostè mateix, senyor Patrick— en la seva visió marxista de la realitat, al contrari, li costaria molt, a ella, de dir-li quines són les cadenes que vostè hauria de perdre.

Ara mateix és moda parlar molt dels mals del món: garrafes senceres de xerrameca, en bona part esquitxada abundantment de noms abstractes que no volen dir ben bé res per als oprimits de la ciutat de Mèxic, posem per cas, la majoria dels quals fan un llit cada nit a les voreres cobertes dels propis —i perdoni'm— excrements. No gaire lluny, però, en jardins espaiosos, a l'hora de la posta del sol, centenars de milers de persones com la J. parlen sense aturador sobre la història imparable dels mitjans de producció.

(Han passat tres setmanes.) He estat rumiant (si se'n pot dir rumiar, de les meves elucubracions en *cantinas* tronades) si l'hi hauria de dir o no, però he decidit (si se'n pot dir decisió, d'aquests gargots escrits a la llum d'un quinqué, amb un got de mescal al costat) de fer-ho. En poques paraules, les coses no han anat gaire bé entre la Jan i jo des que vam marxar de Los Angeles: hem tingut aquella paraula que comença amb «D» constantment a flor de llavis, els seus, sobretot, sense que cap dels dos l'hagi pronunciada en veu alta. La guspira que ha fet que l'esca acabi cremant es va materialitzar en forma d'una visita més aviat llarga del poeta Conrad Aiken i la seva dona. Ara que han marxat, la J. ha dit aquella paraula que comença amb «D» diverses vegades i amb vehemència, amb aquella veu que té, ferma i tremolosa a la vegada.

(Uns dies després.) La J. encara hi és, però té pensat marxar cap a Los Angeles la setmana que ve (amb cotxe particular, pagant el viatge). Déu meu, com la trobaré a faltar. Quan algú ens deixa definitivament d'aquesta manera, sabem que encara que ens puguem tornar a trobar un parell de cops més —per arreglar algun tràmit burocràtic, per exemple—, la veritat és que aquesta persona se'ns ha mort i és més llunyana encara que qualsevol persona que ens passi molt a prop pel carrer, més llunyana que l'estrany més llunyà que es pugui imaginar.

Espero que vostè mai no hagi de passar per un calvari semblant, senyor P., i l'hi dic amb tota sinceritat. No hi ha res pitjor que sentir-se abandonat i quedar-se més sol que un mussol, tot s'ha de dir. Que no hagi de sentir mai res semblant a aquesta tensió desvetllada que es torna més fina i més estreta amb cada copa que prenc i que ara mateix tiba tant com un fil d'aquells que fan servir per tallar formatge. Ja miro cap endavant, cap a un temps en què ella no hi serà, i sento com s'aniran escolant les hores, jurant que si ella tornés, deixaria de beure, empassant-me un altre mescalito, com el que estic a punt d'empassar-me ara mateix.

Tal com he dit, el mullader de debò va començar amb l'arribada de l'Aiken i la seva esposa. Continuo pensant que és un poeta de primera (i cada vegada més infravalorat; coneix la seva obra, per casualitat?) però sí que no puc negar que és força pedant: des del primer dia es va comportar d'una manera ben freda i altiva envers la J., com si es tractés d'una noia qualsevol que s'havia enganxat a mi, al seu vell amic. Té força afecció a la beguda, i sovint em convidava a prendre una copa en algun bar, «per posar una mica de distància entre tu i Miss Amèrica», com solia expressar, i, és clar, una cosa portava a l'altra i de vegades no tornàvem fins al cap de tres o quatre dies. Després d'unes setmanes així, la J. va declarar que ja n'estava farta i va agafar un autobús cap a Morelia o algun altre lloc, i llavors vet aquí que torno a passar una altra nit en blanc amb l'Aiken, que xiuxiuejava calúmnies sobre ella, com una mena de Iago. En un moment donat, jo devia haver començat a confondre la realitat amb les insinuacions, perquè, quan la J. va tornar de Morelia o el lloc que fos, li vaig preguntar a la cara si havia anat al llit amb un home francès, i ella em va mirar com si acabés de fer un rot i em va preguntar «quin francès?», i tot seguit se'm va ocórrer que no coneixia cap francès que visqués per aquí, no era sinó el rastre d'alguna indirecta que l'Aiken m'havia fet sobre alguna cosa que podia haver passat feia un munt de temps, a París, potser, o a Nova York... Després, jo i la J. ens vam barallar de valent, i per tranquil·litzar-me vaig beure un flascó del que pensava que era vi però que en realitat era oli d'oliva guardat en una ampolla d'*after-shave*, i després d'això ella em va dir de tot. S'hauria pogut sentir la nostra discussió al Zócalo de la Ciutat de Mèxic en un dia de mercat, però no obstant això l'Aiken i la morsa de la seva dona seien al jardí sense immutar-se, fent veure que no passava res. Quan vaig sortir corrent al jardí, l'Aiken em va preguntar de seguida si em venia de gust fer una copeta. De manera que vaig abandonar la casa durant un parell de dies més... En fi, tan bon punt els nostres convidats van haver marxat, la J. em va dir que prou ximpleries, que volia el divorci. Va deixar ben clar que no volia diners, de manera que tot plegat no li portarà cap maldecap, a vostè, senyor P., només hi ha el problema —el meu i de ningú més— de què faré, quan ella se n'haurà anat per sempre més.

(Quatre dies més tard.) Estic assegut aquí al menjador i, francament, em trobo malament. La Jan, és clar, ha marxat, i no m'ha enviat notícies seves, encara. Com que no he dormit durant les últimes vint-i-quatre hores, he tingut temps per pensar, i els meus pensaments fins al moment són els següents:

a) La meva infelicitat és més gran que la infelicitat normal que s'hauria de sentir quan l'estimada toca el dos.

b) Aquesta infelicitat «afegida» ve de la por d'estar sol amb mi mateix.

c) Em fa por estar sol amb mi mateix perquè m'odio a mi mateix d'una manera que ho condiciona tot, absolutament tot.

d) No és fàcil trobar una explicació satisfactòria a aquest autoodi, però té a veure parcialment amb una barreja de factors inesborrables, immutables: família, posició social, culpabilitat, culpabilitat, culpabilitat...

e) El meu objectiu declarat en aquesta vida és escriure. Però qualsevol cosa escrita en l'estat d'autoodi acabat d'esmentar està condemnada al fracàs, perquè és un estat contradictori gràcies al qual tinc massa ganes de complaure el lector, de fer-li la gara-gara, alhora que, sense voler, li acabo sent hostil.

f) L'únic altre estat d'ànim disponible és el que sorgeix després del petó màgic de la princesa alcohol, que, a la vegada (un preu cruel) anorrea la lucidesa necessària per escriure.

g) Abans, la solució a tot plegat era la Jan: la seva estima i la seva presència moderaven l'autoodi, cosa que moderava el consum d'alcohol, cosa que, al seu torn, facilitava la possibilitat d'establir una rutina per escriure, de tant en tant.

I ara que se n'ha anat?

(L'endemà.) Escric això a Ciutat de Mèxic, on he vingut per sortir de Cuernavaca, tan plena de records de la J. (He passat l'última mitja hora observant uns nois vestits amb roba de lli, blanca i immaculada, que venien caramels de menta coberts de mosques.) D'aquí agafaré un autobús cap a Oaxaca. Tinc prou diners, de manera que la propera tramesa la pot enviar a l'adreça habitual; la recolliré quan torni. Aniré a Oaxaca perquè no hi he estat mai (ara bé, tant se me'n dóna cap on vaig, aquests dies). Per cert, és un baluard de la Unión Militar, una associació a l'estil nazi d'uns tipus militars que no poden aguantar no portar uniforme, fins i tot quan estan lliures de servei.

Pel que fa a tot allò d'escriure, s'ha acabat. No hi ha ni un sol mot que valgui la pena, al meu cap descabdellat. L'estació està tancada i no en partirà cap tren carregat de pensaments. No hauria de fer el ploricó, però. L'avisaré quan arribi a Oaxaca, si és que hi arribo.

Capítol 14: sospites

CADA VEGADA FA MÉS CALOR AQUÍ DINTRE. FORA, FA UNA estona que el sol brilla darrere les finestres opaques i barrades, després dels ruixats lleugers del matí. La sala està mal ventilada.

El doctor Bishop torna a entrar. Ha trigat força. Més temps del que necessitava per canviar l'aigua de les olives, o per cagar a gust i tot. Porta una carpeta de plàstic que no he vist abans. Seu, obre la carpeta i en llegeix la primera pàgina a través de les ulleres. Tot seguit murmura *mmmmm* abans de tancar la carpeta; li fa un copet, i retira la carta.

—*Aviam... Ah, sí, a veure, la seva dona el deixa i aquí hi ha una declaració ben clara dels seus sentiments al respecte. Si hagués pogut veure un psiquiatre...*

El doctor Bishop em somriu d'una manera autosuficient.

—*Aquest no hauria hagut de treballar gaire perquè tota la informació important l'hauria trobat aquí, en blanc i negre: autoodi, autoodi i encara més autoodi, a punt d'esclatar.*

Fa una pausa, em mira d'aquella manera que a hores d'ara m'irrita tant: aquella mirada fixa, suposadament penetrant, tan assajada.

—*La pregunta és: de quina manera esclatarà, tot aquest autoodi...?*

Deixa la carta i torna a obrir la carpeta.

—*...però això ho descobrirem a la carta següent, oi que sí? En Lowry està a punt de marxar cap a un lloc que es diu Oaxaca. Ho he pronunciat bé?*

—Com vols que ho sàpiga?

—*Perquè hi has estat. Aquesta pel·lícula que acabes de mencionar es va filmar precisament a Oaxaca. D'aquí a poc, t'explicaré com és que la policia va aconseguir esbrinar-ho, això. Mentrestant, per què no m'expliques què és el que hi feies? Si et plau.*

—Vam tenir problemes.

El doctor dóna un cop d'ull a la carpeta.

—*I tant, que n'hi vau tenir. Per què et costa tant, admetre-ho?*

—Admetre què?

—*Que vas ajudar algú, per l'amor de Déu! Estaves participant en el rodatge d'una pel·lícula que resultava ser un pèl més forta que els productes pornogràfics corrents. Sembla que, després del rodatge, una de les actrius va acabar recorrent a la policia mexicana, perquè la protegissin, cosa que dóna una idea de com havia d'estar-ne, de desesperada. Va explicar que si no li va passar res de greu durant el rodatge va ser perquè el càmera va intervenir i la va salvar del que amb tota seguretat hauria acabat sent una pel·lícula* snuff. *(No es va acabar fent cap acusació contra el productor, és clar.) Doncs bé, tot plegat demostra que ets capaç de sentir força compassió, que ets capaç de distingir el bé del mal, oi que sí?*

—No has trigat gaire a obtenir tota aquesta informació.

S'inclina cap endavant.

—*Tingues en compte que ets un sospitós de categoria A. Tot el que té a veure amb el teu cas es tracta a uns nivells que els delinqüents més humils només poden somiar. El que vull dir amb això és que tu sabies que el que feien a aquella noia estava mal fet, sí o no?*

Que es foti, el molt fill de puta. Que es foti.

—Van estar a punt d'escanyar-la i esquinçar-la del cul fins al cony, hòstia. És clar que sabia que estava mal fet.

S'ha tornat tan vermell com un tomàquet d'hivernacle.

—Tot i que, poc després d'aquest acte de bondat, com en podríem dir, vas prendre la decisió de cometre un crim monstruós.

els edificis històrics i magnífics del pati fets cendra, se suposa que juntament amb els retrats de quatre-centes generacions de xupapolles malèfics

—No he fet res.

—Però en tenies la intenció. Els explosius estaven encebats.

De cop i volta s'ha convertit en un homenet enfurismat, un tipus que es pot trobar en qualsevol bar, queixant-se en veu alta de coses òbvies.

—Tens alguna idea dels danys que haurien pogut causar?

Una idea ben clara.

les calaveres estovades i la pell i els cartílags lacerats que ja es trobaven en una habitació rere una altra, en un racó rere un altre. Els uniformes amarats de sang desplomats com titelles sense vida. Haver pogut donar uns quants cops de peu als que patien més

El doctor Bishop plega les mans damunt la fòrmica.

—Bé, el que m'agradaria esbrinar és què et va passar, exactament, que et fes prendre la decisió de comprar el material mortífer que portaves a sobre quan et van detenir.

No hi va haver cap més incident durant la resta del rodatge, perquè jo i l'Alan vam convèncer el promotor d'obrir uns quants pots de salsa de tomàquet (per molt que hagués desitjat filmar unes escenes de dolor autèntiques), de contractar una substituta per a l'actriu original i de fer que els actors fingissin. El vam tranquil·litzar encara més amb una escena de penetració múltiple en què fèiem servir tres extres masculins. L'últim dia de rodatge, Dimitri se'm va acostar, va somriure i va dir:

—Bé, bé...

Em va donar un copet a l'espatlla i va afegir:

—Tu rodes bé.

L'Alan ja m'havia explicat que Dimitri estava molt content amb les mostres diàries. Abans que jo pogués dir res, Dimitri em va ficar una targeta a la butxaca. Em va mirar directament als ulls i va dir:

—Necessites alguna cosa, tu truques.

No obstant això, jo no volia altra cosa que sortir d'aquella hisenda sòrdida i freda com més aviat millor. Aquesta vegada, no vaig assistir a la festa habitual sinó que vaig tornar directament a Ciutat de Mèxic tan bon punt l'Alan va anunciar el final del rodatge: per una vegada, li tocaria a ell traginar l'equip tècnic cap al cotxe, tot solet. Faltaven unes quantes hores per al vol cap a LA, de manera que vaig decidir fer un passeig per la zona cèntrica de la ciutat. Vaig prendre unes quantes cerveses en uns quants bars fins que vaig acabar al Zócalo, una plaça immensa plena de terrasses, venedors del carrer, palaus imperials... Tot un descans, i hi feia una olor ben agradable, en comparació de tota la sang i la suor d'Oaxaca. Tot caminant, em vaig fixar en uns adolescents estrangers que mataven el temps en un dels bancs que hi havia sota les voltes; seien amb les esquenes repenjades al respatller; alguns d'ells bevien vi barat; els nois semblaven un pèl perduts i les noies, d'altra banda, confiades: joves nord-americans que visitaven Mèxic per primera vegada, mirant-se als ulls mentre feien tragos i intercanviaven auriculars. Em sentia a gust amb aquells adolescents; les rialles i els cops de colze i les bromes cridades em semblaven tan innocents que em vaig asseure, durant un moment, al banc del costat i vaig fer veure que admirava la façana de la catedral Metropolitana, només per poder sentir la proximitat d'aquells adolescents i sentir alhora una mena d'anhel cada vegada més dolorós: un anhel de ser com ells, de portar aquella roba, aquells texans estrets, de sentir-me atret per una dotzena de cares alhora i de viure d'aquella manera infantil millorada per la possibilitat de beure vi negre barat i per la possessió d'uns òrgans sexuals que funcionaven com un rellotge...

Vaig travessar la plaça i vaig enfilar l'avinguda Allende. Em vaig aturar davant d'un bar, el nom anglès del qual m'havia cridat l'atenció: el Ship Ahoy. A l'interior un munt de gent jove, d'una edat semblant a la dels de la plaça, cridava en una dotzena d'idiomes. Normalment mai no m'hauria ni acostat a aquest tipus de local, però aquell dia em venia de gust anar a un lloc on em sentís massa gran, i el Ship Ahoy era sens cap mena de dubte un lloc on em sentiria massa gran, de manera que hi vaig entrar, sense pressentir el que hi acabaria trobant.

Hi havia uns bancs de fusta d'esquena a les parets. El terra —també de fusta— estava cobert de serradures. Vaig seure a la barra, en un tamboret, i vaig demanar una cervesa gran; mentre me la bevia, mig llegia les etiquetes de les ampolles arrenglerades i mig observava la clientela pel mirall.

Vaig deixar que el temps s'anés escolant; em sentia cada vegada millor, el local s'omplia de mica en mica, sempre de gent jove, que volia dir que els nois, un cop excitats sexualment, tindrien unes cigales d'allò més llises i les noies, unes figues pulcres i fresques —m'ho deia la meva llarga experiència professional—; però vaig treure'm aquesta mena de pensaments del cap, vaig fer un glop de la cervesa, un glop llarg, durant el qual vaig decidir empassar-me-la tota; quan vaig tornar a posar el got a la barra ja començava a sentir que hauria pogut ser en qualsevol lloc, que tant era un lloc com un altre; vaig demanar una segona gerra, i ja m'envoltava una aura lluminosa i protectora de color de cervesa quan, desafortunadament, els vaig clissar: a primera vista, no veia res més que un grup de nois, estrangers i adolescents, com gairebé tothom en aquell bar.

Alguna cosa en el seu comportament, però, va fer que els tornés a mirar, i em vaig posar a escoltar-ne les veus, angleses, i em vaig adonar que compartien un accent particular. El que era molt pitjor: vaig poder seguir el fil de la seva conversa, i va ser aleshores que vaig quedar garratibat, perquè aquells nois parlaven (no hi havia cap dubte) del col·legi i els professors i les cases d'estudiants, aquell mateix col·legi, *el lloc*...; una casualitat d'aquelles, una entre un milió, però aquestes coses passen, oi que sí?, passen just en el moment que no ho haurien de fer, just en el moment que un ja s'ha oblidat del tot d'aquesta mena de gent, i, bam!, allà els tenia, a sis mil quilòmetres de distància de casa seva en una ciutat de vint milions de persones, i sense saber-ho, és clar, m'estaven enviant cap avall avall avall, a cops i empentes; m'havia sentit perfectament bé, però al cap d'un minut el terra ja no m'aguantava el pes i estava arraconat, arraconat. Com era que al cap de tots aquells anys de tenir-les sota control aquelles temptacions horribles se'm plantaven al davant, a frec dels nassos? D'acord, hi havia hagut els episodis desafortunats amb l'home del bar de l'estació i l'home del metro, però això rai, un lapsus, dos lapsus i prou, però això era pitjor, molt pitjor. Millor, potser, fer un esforç, de manera que vaig fer l'esforç d'asseure'm bé, amb les espatlles rectes i el pit enfora, però per dintre m'encongia, m'encongia, em cargolava com un paper cremat, tenia el cervell en blanc, volia moure'm, oblidar-me d'aquells fills de puta, girar-me un altre cop cap a la barra i xerrar amb el bàrman sobre la diferència entre les diverses marques de tequila, però vaig ser incapaç de fer res, vaig restar clavat al tamboret, pregant-me a mi mateix que me n'apartés, però estava buit, ni un bri de voluntat pròpia per donar-me el senyal que marxés d'una puta vegada.

Evito mirar la cara il·lusionada del doctor.

—*Que potser aquests records et són dolorosos?*

Dolorosos o no, me'ls guardo per a mi.

Vaig acabar-me el got quasi ple en un tres i no res i, per fi, vaig tocar el dos. Vaig respirar l'aire fresc de la nit, i ja tenia darrere meu aquell grup de nois que parlaven d'aquella manera, d'aquella manera fastigosa, merdosa, repel·lent. Aquells petits fills de puta que havien portat la seva pròpia pudor en aquell bar tan alegre, tan ple de gent que reia, on m'ho havia estat passant més o menys bé. Vaig repenjar l'esquena contra la paret i vaig respirar fondo.

Vaig caminar cap a l'altra banda del carrer, lluny del Ship Ahoy i en direcció a la plaça del Zócalo; com més distància hi havia entre jo i el bar, millor em sentia, fins que vaig arribar a una terrassa a l'altra banda de la plaça, un bar per a adults, amb estovalles de lli a les taules i un cambrer que portava corbatí. M'hi vaig asseure i vaig demanar un conyac alhora que em deia que, marxant de l'altre bar, havia fet el que havia de fer, que no m'havia d'agafar aquesta mena de topades casuals tant a la valenta, que les coses eren com eren i jo sol no podia fer un món millor.

Al cap de mitja hora, mentre xarrupava el segon o potser el tercer conyac i respirava amb normalitat, sentint-me alleujat, que em matin si no és cert que veig passar exactament el mateix grup de xavals que s'aturen i fan una pausa davant per davant de la meva taula. Mentalment els vaig instar a circular, però insistien a quedar-se, com si aquell espai fos de la seva propietat. Una provocació. Tot i així, vaig pensar que els donaria una altra oportunitat: si marxaven abans que m'acabés la copa, no faria res, ho deixaria córrer. Quan la copa ja era buida i la nota, pagada, van començar a marxar de la plaça del Zócalo, però sense deixar de ser ben visibles. Ja està, doncs, vaig pensar. I quan em vaig posar dret amb la intenció de seguir-los, no sabia exactament què faria però pressentia que no es tractaria només d'una empenta patètica en un bar de

Londres, o d'una punxada inútil a les costelles feta amb un ganivet de cuina.

Jo no el vaig triar. Tant me feia l'un com l'altre. Es va triar ell mateix, quan s'acomiadà de la resta i va enfilar un altre carrer.

El delataven les espatlles caigudes i, encara més, la manera de caminar: semblava un geperut que s'havia injectat una droga que el feia sentir-se superior a tothom del seu entorn, fos quin fos l'entorn en qüestió. Les seves Nike Air ja havien alentit el pas i ell mirava cap amunt, perquè, sí, era cert, aquell petit fill de puta volia apreciar les façanes de les cases, volia acumular més cultura per poder xerrar-ne en el futur (en bars londinencs situats en barris plens de gespa i de cases immenses); aquell malparit, aquella bestioleta que s'arrossegava per davant de les cases antigues, observant-ne els detalls amb uns ulls envidriats, morts. De cop, vaig tombar cap a l'esquerra, llavors cap a la dreta, llavors vaig córrer pel carrer paral·lel, tan fosc i abandonat com el que pujava aquell llimac jovenet, vaig córrer i córrer, les meves vambes no feien soroll, i el vaig avançar sense que ho sabés, fins que vaig arribar a la cruïlla, on vaig tombar a la dreta un cop més, i llavors, en lloc de córrer, em vaig posar a caminar amb una certa pressa, respirant fondo abans de tombar la cantonada, de manera que baixava per l'altra banda del mateix carrer que en aquell moment el petit malparit pujava, just a temps perquè li pogués dir, abans que em passés pel costat:

—Ei, parles anglès? Tens foc?

Em va mirar mentre travessava el carrer i va dir:

—I tant que sí.

I tant que sí. Vaig treure el paquet de tabac. Tenia la cara pàl·lida, esquitxada de pigues, l'autoconfiança l'embolcallava com una capa tibant, com un film transparent fill de puta fill de puta fill de puta. Em vaig posar una cigarreta a la boca i em vaig inclinar cap endavant. Va aixecar l'encenedor:

—Té.

I quina veu tan fina i polida, tipus res-no-m'afecta. Vaig xuclar, fent que la flama s'inclinés cap a la punta de la cigarreta. La seva pell feia olor de greix i mantega. Li vaig tirar una mica de fum directament als ulls.

—Ei...

La mascareta pigada que passava per una cara humana es va cobrir d'unes arruguetes queixoses.

El vaig agafar pel braç (prim) i el vaig estirar cap a mi, mentre feia ballar el cigarro amb la mà lliure. El noi va arrufar les celles amb un posat greu.

—Què et penses que fas?

Pensar! Quin pensament? No pensava gens; el vaig estirar una mica més, ensumant l'olor de mantega de la seva cara, esnif, esnif! Llavors, havent mirat amunt i avall per assegurar-me que no hi havia ningú més al carrer, el vaig empènyer cap a un carreró cobert que portava a una porta blindada que devia ser la d'un garatge, ja tancat a aquelles hores de la nit. Estàvem a les fosques. Li vaig deixar anar el braç i en el mateix moment vaig alçar el genoll, tan fort com vaig poder, contra el seu entrecuix; ell es va doblegar, grunyint a causa del dolor, de manera que ho vaig tornar a provar, més fort aquesta vegada, i amb més precisió. El grunyit es va convertir en un gemec en què es podia distingir la parauleta patètica:

—Sisplaaaaaaau...

Sisplau. I tant, sí, sisplau. El vaig agafar pels cabells esbullats i el vaig forçar a mirar enlaire. No podia distingir-ne bé les faccions en la foscor, de manera que li vaig clavar la cigarreta prop d'un dels ulls, havent comprovat que amb l'altra mà li podia aferrar el coll amb prou força per escanyar-li les queixes així que nasquessin. Ell tenia les mans (que haurien d'haver-me estat colpejant) col·locades davant dels genitals; a poc a poc vaig abaixar la cigarreta fins a punxar-li una altra zona de la cara i la hi vaig aguantar, mirant com el film transparent de la pell s'arrugava i s'esquerdava, i tot seguit ho vaig tornar a fer, aquesta vegada al front; llavors em vaig cansar de la cigarreta, de manera que el vaig colpejar als testicles un cop més, cosa que feia que obrís la boca a l'acte, i tot seguit li vaig llançar el cigarro entre els llavis badats, amb la punta encesa al davant; vaig sentir com aquell malparit inútil va fer un crit feble que s'hauria pogut tornar fort i prepotent, i per tant li vaig fúmer un cop de puny, sec, a la mandíbula, cosa que el va ajudar a tancar el bec, i llavors vaig anar per feina de valent, amb tots dos punys, colpejant la zona dels intestins, és a dir, la zona dels trossets de carn sagnant que li convertien el menjar i la beguda en merda i pixums que sortien de la titola fina fina fina i el forat del cul tan, tan bonic; vaig fer xocar els punys contra els seus budells esquifits unes cinc sis set vuit vegades, llavors em vaig apartar per mirar com aquell tros de bastard queia cap a un costat i es cargolava en forma de pilota, fent que no amb el cap lentament, fins que la cigarreta encesa, que encara fumejava, li va caure de la boca; es va abraçar amb els propis braços com si fossin els de la seva estimada marona, i panteixava i panteixava i panteixava. Vaig donar un cop d'ull als voltants. Ni una ànima a la vista. Vaig dir:

—S'hi està bé, aquí, oi?

Va fer que sí amb el cap. Segurament estava trasbalsat, no sabia si moure's o no. El vaig treure de dubtes, tot posant-li una mà a l'espatlla mentre mussitava:

—Quedem-nos-hi una estoneta.

I sense més ni més li vaig fer abaixar les espatlles avall avall fins que el vaig tenir agenollat en la foscor, mentre jo maldava per abaixar-me la bragueta fins que vaig poder treure'm la cigala a l'aire lliure i tot seguit vaig insistir que l'engolís amb la seva boca jovenívola; és possible que per a ell fos la primera vegada; ho era per a mi, això sí que ho puc confirmar; a la poca llum que proporcionava un dels pocs fanals que hi havia, vaig distingir com el seu cap feia sorolls humils de xucleig a l'alçada de l'entrecuix i vaig abaixar la mà, suaument, cap a la seva cabellera fina, sota la qual hi havia sens dubte un cervell de primera que frisava per ser cultivat. Vaig empènyer la cigala cap endins i ell va continuar xuclant com un bon noi; la hi vaig burxar encara més, aferrant-me al cap amb les dues mans sempre que ell provava de buscar aire, fins que va deixar anar un bleix desesperat; tot i ser la meva primera vegada amb un home, tenia la cigala tan dura com un bat de beisbol dels collons; quan em va semblar que s'estava ofegant, li vaig etzibar una bufetada ben forta al coronell del cap, ell es va tirar enrere i va alçar els ulls cap a mi, com un gos, i rebria com un gos: *abaixa el cap.* El vaig empènyer de manera que va quedar estassat sobre les pedres, i no va costar gaire agafar-lo tan bon punt va haver aconseguit posar-se convenientment de quatre grapes *queda't on ets collons;* un cop sec als ronyons per immobilitzar-lo i li vaig abaixar els pantalons d'una estirada, així li vaig obstaculitzar les cames, molt convenient; era un cul llis i adolescent i havia de rebre el que es mereixia; em vaig inclinar cap endavant i li vaig agafar una espatlla amb una mà mentre situava la cigala estratègicament amb l'altra, i quan tot es trobava al seu lloc —ell estava quiet com un gatet, panteixava, encara sense alè—, i quan tot estava a punt, li vaig enfonsar la cigala i vaig aconseguir que més o menys la meitat hi entrés de cop; va xisclar, un únic xiscle benestant, vaig traslladar la mà que li aguantava l'espatlla al coll, vaig prémer la nou i la hi vaig tornar a clavar; em va fer mal, però no tant com a ell; tenia la cabellera fina feta una porqueria, tot ell estava fet una porqueria; és una gran cosa, ser un noi privilegiat, i si ell havia estat sensible, culte i ambiciós fins aquell moment, doncs això —vaig aconseguir fer entrar la cigala sencera, agafant-lo pel coll amb més força per tallar-li el xiscle—, doncs això faria fora una mica de tota aquella merda que portava dins; la hi vaig clavar i la hi vaig clavar, traient-la tan poc com podia cada vegada fins, que em vaig adonar que l'anava empenyent a ell cap a la paret de davant, com un cotxe que es negués a arrencar, *vinga,* i vaig fer xocar el seu cervell de primera contra els maons, amb èxit, bam bam bam, amb la mà vaig alçar el seu cap mentre enfonsava la cigala al màxim, tant que una mica més i tot jo hauria desaparegut cul endins; un altre xoc contra la paret, i ja li agafava el coll amb tanta força que no parava d'alçar el cap cada vegada més, de manera que quan la hi vaig tornar a clavar va ser el nas i no pas el coronell del cap el que va xocar contra la paret; bé, ja me n'estava cansant, d'allò, vaig començar a donar-li una empenta rere l'altra com si volgués desembussar un desguàs, com més anava més de pressa, com més anava més fort, he dit que mai no ho havia fet amb un mascle, però cal dir que aquella cosa no era cap mascle; la meva mà s'aferrava al seu coll estrenyent-lo cada vegada més, i jo vaig continuar empenyent fins que em vaig escórrer; llavors li vaig donar un parell d'empentes més per assegurar-me que no en quedava ni una gota, a la titola, era com sacsejar-la havent pixat, i la vaig treure del forat del seu cul merdós: com la major part dels nois de la seva edat, es veia que no es rentava prou bé. Vaig sospirar, alleujat, i el vaig empènyer de manera que es va desplomar amb la boca a terra; i em vaig cordar la bragueta. Quan el vaig tornar a mirar, somicava. Vaig fer que no amb el cap, em vaig aixecar, m'hi vaig acostar i li vaig saltar a sobre, el genoll primer. Va fer uf. Li vaig estirar els cabells per fer que aixequés el cap i vaig tornar a agafar-li la nou del coll, però no durant gaire estona, perquè amb el cap estirat i el coll agafat aviat va deixar de somicar i de fer uf. Em vaig posar dret i el vaig fer girar amb un cop de peu. M'hauria d'haver acomiadat d'ell en aquell moment, però per casualitat la llum del fanal queia de tal manera que li il·luminava la cara, i quan la vaig veure, llarga i llisa, amb el coll brut de la camisa i els cabells llisos, vaig pensar *de bon cor assumeixes el teu paper en el joc, trosset de merda inútil;* els cops de peu li van ploure, mal apuntats, la major part dels quals arribaven a la cara, aquella cara ingènua en què el Mal ja s'havia infiltrat, fent servir la innocència com a tapadora per al verí que surava darrere d'aquelles galtes suaus o bé a l'entorn d'aquelles natges suaus i sense rentar que havia acabat de follar ben follades, ara que hi pensava; tal com ell es mereixia: havia obtingut la justa recompensa; un cop de peu seguit d'un altre, fins que vaig fer el que hauria fet qualsevol altre home condret, si les circumstàncies ho haguessin demanat: vaig saltar amunt i avall a la seva cara, de vegades em relliscava però no trigava a tornar a la brega, saltava i saltava i tornava a saltar, fins a deixar aquella serp estirada, tota desmanegada, a terra, ofegant-se, amb el nasset trencadet i la mandíbula torta. Vaig decidir de rentar-me bé la polla així que arribés a l'aeroport, perquè em sentia força contaminat, profanat, per haver entrat al cos impur d'aquella bèstia menyspreable que em mirava amb uns ulls esbatanats i porucs. Jo encara tenia la cigarreta a la boca. Em vaig adonar que li havia envoltat el coll amb les mans i que una mica més i l'hauria escanyat de debò. Tenia la cara molt envermellida i suava. Vaig donar un cop d'ull als voltants. Ens estàvem al lloc on li havia demanat foc. El vaig deixar anar i vaig brandar el cap. Va xisclar:

—Déu meu!

I sense més ni més va córrer cames ajudeu-me carrer avall; i sabeu, mai, en tota la meva vida, no he vist una persona córrer amb tanta pressa.

No obstant això —vaig rumiar un cop assegut al taxi—, havia fet bé d'espantar-lo, el petit malparit. Sens dubte, li havia fet agafar por. Mentre el cotxe circulava pels carrers, vaig sentir uns copets silenciosos a l'esquena i les felicitacions mudes però entusiastes de les figures embolicades que caminaven de nit.

—Records dolorosos, doctor? No ben bé.

—He de dir que no et veig gaire feliç, tanmateix. A mi em sembla que encara no estàs preparat per contestar preguntes específiques sobre com vas obtenir el material que t'ha ficat en el merder considerable en

què no es pot negar que et trobes. Potser... —diu, efusiu— *...la lectura de la carta següent t'ajudarà. Sembla que l'autor hagi experimentat una catarsi en tota regla, a Oaxaca. Oi que és una carta força especial? Llegeix-la al teu ritme, si us plau.*

Em passa la carta més gruixuda de la pila, amb una guspira als ulls, com si es tractés d'un trumfo.

Capítol 15: Lowry (vuitena carta)

Oaxaca, Mèxic.

Benvolgut senyor Patrick,

El cel és de color blau, un blau ferotge, i he decidit que avui Faré Festa, així, amb majúscules. Jo també tinc dret a divertir-me a la meva manera, fins i tot aquí a Oaxaca, on la Jan i jo havíem vingut alguna vegada; ens havíem allotjat aquí, en aquest hotel petit on em trobo ara mateix, i hi havíem estat feliços, me n'he recordat, absolutament de tot, així que m'he despertat i sense pensar li he allargat la mà. No hi era, és clar, però ha estat en aquell moment que he recordat que tots dos havíem pujat els esglaons a bon pas, cap al vestíbul petit que tenia, i encara té, un ventilador d'hèlices. La dona darrere el taulell no ens hauria pogut mostrar més cortesia si haguéssim estat membres de la Família Reial, i aviat vam ser en una habitació gairebé sense mobles amb un llit que grinyolava, talment una àvia amb un peu a la tomba. I la pols, hi havia pols pertot arreu, la mateixa pols que m'ha envestit aquest matí quan m'he abocat a la finestra cap a les set; he ensumat l'olor cremada i seca d'Oaxaca, aquell baf vigoritzador provinent de la combinació de l'activitat frenètica i la pobresa, un baf que s'escampa per tota la ciutat, i després d'haver-me'n empassat una bona glopada m'he empolainat una mica i m'he exposat a la llum encegadora del carrer tot taral·lejant la meva cançó preferida, cantada abans amb algun amic al moll de Southport, fa anys, envestits per ràfegues grises i refrescants: a sota hi havia hagut la sorra, humida i compacta, i a l'extrem del moll ens esperaven els autòmats i les màquines escurabutxaques mentre passejàvem amb unes petaques a la butxaca, cantant amb un accent francès

Oh we allll WALK ze wibberlee wobberlee WALK

A cada pas, he provat d'oblidar que ella m'ha deixat; d'oblidar que sóc un home abandonat, un home abandonat; a cada pas he hagut de fer un petit esforç per tirar endavant; he entrat a l'ombra d'una cantina on he demanat alguna cosa; m'ha costat parlar

And we allll TALK the wibbleee wobblee TALK

(No recordo com segueix... Ah, sí)

And we alll WEAR wibberlee wobberlee TIES

He decidit de llegir el diari talment una persona normal a qui no ha passat res, absolutament res. Faig aquests apunts a les deu del matí tocades i no em puc estar de preguntar-me per què sóc l'únic aquí que somriu. Sec en aquest local (uns anuncis de cartró de la cervesa Tres Equis, rebregats i coberts de pols, es drecen al taulell per damunt del qual el propietari passa un drap llardós) i les parets han començat a ballar a poc a poc, fent el seu numeret de vodevil

And-look-at-all-ze-pretty-girls-with-wibberlee-wobberlee eyes. Oh

mentre a l'exterior els camins lliures d'asfalt s'estenen per damunt de la sorra blanca i groga, i la J., m'imagino, ja hi deu estar caminant a través d'algun tros de sorra semblant, fent que se n'aixequin nuvolets de pols, acompanyada per un Ell anònim; o potser a hores d'ara ella puja i baixa al mar tan blau; o bé s'esmuny cap a l'interior d'algun bar nocturn de Los Angeles; però no he de plorar, no, m'he de concentrar en el diari.

A propòsit d'això, sembla que Hitler farà esvalotar el galliner ben esvalotat. Com és que l'hi permeten? Què passa amb els europeus (incloent-hi els britànics) que es tornen tan extraordinàriament passius davant d'uns folls que tenen el suport d'una colla de goril·les? Jo hi hauria enviat un escamot d'espies fa anys, ja, perquè premessin un coixí sobre la cara d'aquest neuròtic amb bigoti. Havent llegit tot el que s'explica aquí dels seus tripijocs més recents —la invasió d'Àustria, la construcció de nous camps d'internament a Alemanya, la humiliació dels jueus vienesos, els incendis provocats de les sinagogues alemanyes, l'apallissament i assassinat posterior dels presos de Sachsenhausen, i coses així—, em donaria una certa satisfacció ser-hi en persona mentre el privaven d'aire respirable; veure com es queixava amb xiscles esmorteïts; com bellugava les extremitats, com les botes altes feien cops de peu al buit. No em digui que els serveis d'intel·ligència britànics no podrien fer-hi alguna cosa si s'ho proposessin, malgrat els cercles concèntrics de seguretat que ja deuen envoltar aquell home i el seu consell de ministres. Estricnina al te, posem per cas, un pessic d'arsènic a les verdures, o potser només caldria abaixar el tacó d'una bota ben fort contra les columnes vertebrals dels seus pastors alemanys, de manera que els trobés més morts que una calavera quan sortís al balcó del Berghof, de manera que necessités assistència professional durant molt temps per superar la seva aflicció; qualsevol cosa, absolutament qualsevol cosa que posés un punt final al progrés inexorable del seu odi... Però, per greu que sigui això, no m'hi deixaré encaparrar! Un mescal més, si és el meu gran dia de festa!

He decidit anar a un altre lloc, perquè un parell d'homes de la Unión Militar han entrat al local anterior i han començat a parlar de la Salvació de Mèxic i de com Jesucrist és el seu Rei. Era com si un núvol hagués mig tapat el sol: no pas un bon auguri, precisament, pel que fa al meu dia breu de descans, i per tant li escric ara des d'un altre establiment, un lloc on sembla que no serveixen res més que cervesa, i per tant això és l'únic que prenc, aquí a la barra folrada de cuir groguenc al llarg de la qual hi ha una filera de tamborets metàl·lics que han perdut, temps ha, els taps de goma que protegien les potes: grinyolen cada vegada que un client hi remou les anques. Al cap d'una estona, aquest soroll esgarrifós m'ha crispat els nervis; ara que algú ha demanat alguna cosa per picar, m'he adonat que en un racó hi ha un menú escrit amb guix, d'amagat de la major part dels clients: *enchiladas de salsa verde machitos en salsa verde frijoles refritos café solo o con leche menudo estilo soñora;* això és el que m'agrada dels menús, la possibilitat de triar. Es pot demanar el cafè amb o sense llet. Si un vol salsa verda, pot escollir entre dos tipus de menjar per acompanyar-la, i si el que es busca és una sorpresa, es pot demanar alguna cosa de la qual mai no s'ha sentit a parlar en tota la vida, com ara *menudo estilo soñora.* No hi ha gaire cosa més que aquesta possibilitat de triar per fer suportable l'estona en aquest lloc fruit de la iniciativa privada mexicana que sembla cada vegada més una sala d'espera: la gent s'hi deixa caure i se'n va, però mentrestant no hi passa absolutament res que no sigui triar alguna cosa mentre una cuinera, que té l'aspecte d'haver estat arrossegada pels carrers de la ciutat lligada a un cavall, fregeix alguna cosa en un greix ranci. Al meu entorn, uns mexicans s'expressen en la seva parla mexicana i (diria jo si n'hagués de fer una estimació aproximada) que la conversa va sobre el lloc on aniran així que marxin d'aquí. El fum de la cuina es torna cada vegada més espès i comença a regirar-me l'estómac, no obstant això, no em puc convèncer de la conveniència de moure'm d'aquest lloc; els cabells plens de brillantina dels homes que seuen al costat semblen formar part d'algun estampat o quadre antic, borrós, inamovible, monòton, lliure d'ensurts; el fum s'escampa i omple l'espai reduït, es fica a la meva cervesa, enfosqueix el menú i la seva sèrie de possibilitats; ara és migdia i el sol enlluerna, però ja no traspua cap esperança, i sóc plenament conscient que el que faig aquí és matar el temps: *twepitjar una moneda de twes penics sense moure's de lloc,* tal com hauria papissotejat el vell professor de gimnàstica mentre els alumnes fèiem rialletes i no li fèiem gens de cas. Mentrestant la cervesa fa la seva trajectòria amarga a través del meu cos; realment, no hi ha res a fer, cap lloc on anar que no sigui el lavabo de tant en tant, i en aquest establiment es tracta d'un cau infecte, amb unes mosques que volen en cercles damunt la tassa talment un tornado petit, i em fa l'efecte (i em reca) que al cap i a la fi avui no serà un dia tan festiu però no em rendeixo, m'he de mantenir ferm, com un buldog britànic! De cop i volta se m'acut una idea: provar els locals estrangers que hi ha aquí a Oaxaca. N'hi ha tres o quatre.

Justament acabo de trobar el restaurant rus (on no els fa res servir-me vodka i prou), i abans he passat pel restaurant alemany, on m'han servit *schnapps*, i el xinès, on m'han servit un licor color d'orina que té un parell de ratolins morts estirats al fons de l'ampolla, i tots aquests llocs han fet un esforç notable pel que fa al decorat: un samovar d'estany damunt un pedestal, unes *steins* de cervesa bigarrades o uns dracs de pacotilla; he vagarejat de l'un a l'altre amb una mica de pressa, perquè la llum m'encega als carrers que cal travessar entre cada local. Encara penso en aquella cançó de Southport, que, si recordo bé, seguia així

And-we-all-have-zat-wibberlee-wobberlee-wobberlee

Ara mateix em trobo al pub escandinau; han clavat un grapat de llums de navegació a la paret per recordar-me que són una nació marinera. Em sento millor, ja; ah, ara em porten un aiguardent noruec; sabia vostè que el transporten en vaixell a una banda i a l'altra de l'equador unes quantes vegades perquè tingui aquest gust tan especial?, doncs ho fan, i té gust de detergent; a la seva salut, ja em sento molt millor. Desafiador, he decidit moure'm de lloc un cop més: a qui es mou, cap mal no l'atrapa.

Bé doncs, he aconseguit trobar un dels bars més espaiosos d'Oaxaca, un pèl car pel meu gust, però més val curar-se en salut, perquè acabo de tenir una experiència molt desagradable amb els mateixos homes de la Unión Militar que m'han interromput els pensaments a la primera cantina d'avui. No tenen res a veure amb el *bobby* britànic, senyor P., els *bobbys* són uns homenots que toquen de peus a terra i que es limiten a repartir algun clatellot si la situació ho demana. La Unión Militar la formen uns homes que porten bigotis primets i tenen la pell gravada per la verola i fan l'efecte d'haver tingut unes infàncies poc felices. Porten una mena d'uniforme negre sense distintius, i sempre estan a l'aguait que no els passi desapercebut cap insult a la pàtria, sigui intencionat o no. També duen armes (com gairebé tots els mexicans), i això fa que costi passar per alt els seus comentaris. M'han detingut tot i que no feia altra cosa que celebrar el meu Dia de Festa de la manera abans descrita, sense cometre cap infracció de les lleis vigents. És cert, ho confesso, que puc haver fet la impressió de no saber molt bé cap a on em dirigia, perquè era dret al bell mig del camí fressat que passa per un carrer major a Oaxaca, però no tenia cap intenció, ni de bon tros, d'incitar la població local amb unes arengues antipatriòtiques, tal com m'han acusat de fer; quan han volgut determinar la naturalesa precisa de la meva activitat, se m'ha acudit que no seria aconsellable de llançar-me a fer un discurs sobre com, malgrat tot, estava decidit a passar-m'ho pipa, i els he explicat un vell acudit mexicà: que el terra caminava i jo esperava que la meva casa em passés pel davant per poder-hi entrar. Els he dit el meu nom i tot seguit m'han preguntat on m'allotjava, però no he pogut recordar el nom de l'hotel, aquest hotel on jo i la Jan havíem estat tan feliços, però això no els servia per identificar-lo, de manera que m'han demanat el passaport, que, és clar, m'havia deixat a l'hotel.

Until ze day is dawn-ing

M'han mirat amb uns ulls que bavejaven menyspreu i m'han deixat anar amb un avís i me n'he anat cames ajudeu-me cap a aquest local un xic més formal, on els cambrers porten les camises cordades fins al coll, i m'he escarxofat en aquesta butaca de vímet on continuo escrivint la missiva habitual a vostè, senyor Patrick, vostè que ha tingut la gentilesa i la bondat de seguir les instruccions del meu pare al peu de la lletra però que també ha respost amb cortesia a la meva autocompassió i les meves rucades; que ha demostrat que es preocupa pel que em pugui passar. Aquests homes vestits de negre m'han trasbalsat força, senyor P., no són gens amables, no hi ha manera de tractar amb ells, no se'ls pot dir res.

Déu meu, però si són aquí. Estacionats a un extrem de la barra. Que em segueixen? Però ni tan sols aquestes caricatures del Gordo i el Flaco m'espatllaran el dia. És l'hora del tequila. Un doble, crec, és el que més em convindria. Deixaré d'escriure (no fos cas que em prenguessin per espia) i em posaré a beure com un client normal, un parell de copes no em faran cap mal, res no em farà cap mal, aquest és el meu dia de sort, el meu Dia de Festa.

M'han deixat beure, senyor P., m'han deixat beure fins al punt de convertir-me en un begut fastigós, m'han seguit d'abeurador a abeurador, han comptat els tequiles i els mescals, fins que m'han aturat just en el moment que sortia d'un bar que donava a un carreró tranquil, i m'han tornat a demanar el passaport, i els he dit, d'una manera ben planera, que se n'anessin a fer punyetes, cosa que no els ha fet gens de gràcia; se m'ha acudit de fer el numeret, de xisclar tal com ho vaig fer aquella nit a la Universitat de Cambridge, fa tants anys, però abans de poder fer res un d'ells m'ha donat un cop fort al plexe solar que m'ha deixat sense alè; llavors han començat a donar-me cops de peu, uns cops breus però forts a les canyes, i he hagut de canviar el pes d'un peu a l'altre per no caure mentre em deien de tot, coses molt desagradables, i tot seguit m'han preguntat si m'agradava Mèxic; segurament els he donat una resposta poc satisfactòria, perquè de seguida m'han agafat i m'han obligat a caminar al llarg d'uns quants carrers ja deserts mentre em xiuxiuejaven més insults a cau d'orella, fins que hem arribat a la prefectura de policia, que és on tots aquests individus de la Unión Militar solen reunir-se per fer-la petar. A empentes i rodolons he travessat una zona de recepció en què hi havia un parell de soldats que s'han rigut de mi tot i que també hi havia un home que portava un vestit de ratlles que pel que semblava no m'ha trobat gens divertit, i ell m'ha seguit a mi i els altres cap a una habitació petita on hi havia una taula i dues cadires, en una de les quals m'han obligat a seure mentre un dels homes que m'havia seguit s'ha assegut a l'altra banda i el segon home uniformat més l'home-del-vestit han repenjat les esquenes a la paret i han mirat com jo intentava contestar una sèrie sense fi de preguntes sobre les meves tendències polítiques i les dels amics, i passa que la J. és una comunista de tota la vida, però no recordo si els he confessat aquesta dada o no (en aquella habitació petita i repugnant que feia pudor de pols, una làmpada amb un pàmpol en forma de caputxa penjava del sostre); l'home-del-vestit semblava sentir-se com a casa, enmig dels insectes bellugadissos i la pintura esclofollada. Al cap d'una estona, han vist que amb mi no hi havia res a fer; al cap i a la fi, ni la meva pròpia mare no pot fer res amb mi quan em passo una mica de la ratlla (amb la beguda vull dir) i per tant m'han fet mal, senyor P.; no vull entrar en detalls, però era evident que l'home-del-vestit hi tenia la mà trencada. Llavors m'han llançat a una sala d'espera tancada amb pany i clau, on escric això amb la punta d'un llapis. Dec haver dormit, però no sé quantes hores han passat. M'he despertat fa poc.

Són les coses que es beuen aquí dalt, senyor P., tot aquest tequila i mescal, barrejat amb l'altitud elevada, vet aquí l'explicació del fet que, quan m'he despertat, el terra realment ha començat a caminar i a més a més a la paret de davant hi han sortit desenes de crostes vermelles que s'han obert com si tinguessin unes tapadores petites (m'he recordat de com em rascava el xarampió en la intimitat del lavabo, un lavabo fred, auster, en una casa de Lancashire); quan, finalment, el terra s'ha aturat, un tros ha començat a cremar amb flames lentes i vermelles que petaven quan entraven en contacte amb les serradures i la pedra i dibuixaven quadres de cendra que no paraven de créixer per les parets. Llavors s'han apagat i han deixat un forat obert ple de brases que encara cremaven, i llavors, del racó estant, he sentit un rasca-rasca fluix i he anat cap al forat i hi he mirat. Una bèstia pujava fent camí entre les brases, implacable en la seva ceguesa, tan plana com un poll o un peixet de plata però tan gran com una llagosta i amb potes de llagosta, les seves antenes em cercaven, i heus aquí que al cap d'un segon es converteix en ratolí, un ratolí i res més, un ratolinet bonic (imatges passatgeres de la cara trasbalsada de la mare i de la decepció silenciosa del pare mentre el ratolí corria com una bala de racó en racó); el forat s'havia esvanit, la Jan s'havia esvanit, tot l'amor s'havia esvanit (només hi havia imatges sobtades i no desitjades dels pares morts, dels germans morts, de jo mateix mort, tal com els col·legials es diuen els uns als altres, com si fos una cosa extraordinària: d'aquí a cent anys, tots calbs); queien com mosques, deia vostè dels seus amics a la batalla del Somme: deixaven d'existir, siluetes contra un cel gris, convertint-se a poc a poc en piles de no-res al terra xop sense dir ni piu, com si fos la cosa més natural del món, i el que vull dir, senyor P., és que és ben possible que hagi crescut en una casa on no em faltava res, és possible que hagi nascut amb un ram de flors entaforat al pompis, és possible que m'hagin ensinistrat el cervell com si es tractés d'un cavall de cursa a punt de participar en el Grand National, és possible que vostè pensi que no he vist ni he sentit res del costat dur de la vida en comparació de vostè, i ja crec que té raó, ja. Però no obstant tot això, sí que he vist coses que no havia de veure i he sentit coses que a mi m'havien prohibit; he donat un cop d'ull darrere el teló tacat de sang, on els tramoistes fumen el seu fum malvat i xerren la seva xerrameca malvada, a l'altra banda del teló de fons de tonalitats pastels, mentre pengen unes cordes amagades i, d'amagat, claven uns ganxos a les parets, mentre acaronen els polls gegants que viuen tot l'any entre bastidors i rere bambolines; tard de la nit, quan els rellotges es paren, veig com aquests tramoistes amagats se somriuen els uns als altres, mirant-se fixament als ulls fins que uns cadàvers que havien estat persones són arrossegats fora de la vista i penjats, gronxant, en unes cordes amagades mentre uns nois i noies xirois fan crits d'alegria alhora que se'ls aferren a les espatlles, rient mentre els morts acoten els caps amb vergonya inconscient; els tramoistes joves els peguen amb els punys mentre es gronxen penjats als ganxos clavats a la paret sota un cel tan baix com el sostre d'una garjola; he vist com els tramoistes fan rialletes un pèl beguts mentre porten a terme les seves tasques; els surten flames pels narius així que ensumen la flaire d'algú —qualsevol— a qui cal apallissar i estomacar i penetrar i al cap de poc liquidar definitivament i deixar talment una pila de fang enmig del malson general. L'important, senyor P., és no acceptar les respostes fàcils, els paisatges bucòlics, els enraonaments exemplars; l'important és no acceptar ni un borrall de tot allò que se'ns dóna per descomptat; l'important, pel que fa a mi, és extreure el ram de flors del pompis i llançar-lo enlaire, escampant els peduncles i els estams per damunt de la catifa Axminster; l'important és enfonsar els dits als prestatges atapeïts i treure'n els feixos de paper embrutat que es fan passar per llibres i saltar-hi a sobre a cor què vols; l'important és provar de no dormir mentre, entre bastidors, la maldat fa de les seves; mentre una paret negra d'aigua camina cap a nosaltres, que la mirem, sentint-nos sols i cansats i espantats i a punt de sortir d'aquesta vall de llàgrimes, aquest mullader fastigós en què qualsevol persona es pot equivocar de camí, sabent que el cop d'ull que se'ns ha assignat ha arribat a la seva fi; escric mentre la llum de l'alba s'enfila per les parets; i vet aquí que l'única cosa que volia era passar-m'ho pipa, avui, jo tot sol; avui, que havia de ser el meu Dia de Festa.

And-we-all-have-zat-wibberlee-wobberlee-wobberlee-wibberlee-wibberlee-wobberlee feeling

In ze morning.

Capítol 16: ahir

Es podria sentir volar una mosca. Aquesta vegada, el doctor no em diu que li torni la carta. Tinc la impressió que s'ha estat preparant per a aquest moment i que està a punt de fer allò que tots els manuals de psicoteràpia en diuen «acostar-se a l'objectiu». Bé, s'hi pot acostar tant com vulgui: l'única cosa que obtindrà de mi és un tuf de bocassa, un baf de suor d'aixella.

—*En aquesta, el comportament estrafolari de l'autor fa que cridi l'atenció i que l'acabin detenint. Com tu, de fet.*

No ben bé, bonic.

—Jo no em comportava pas d'una manera estrafolària.

—*Vas caure, o bé et vas capbussar, segons els vianants que ho van testimoniar, a l'estany del parc de Saint James. En sortir de l'aigua, vas començar a cridar i a dir adéu a algú que no hi era. Força estrafolari, diria jo.*

Silenci de part meva.

—*Anaves begut?*

Ahir al matí, la beguda no era el problema principal.

—No.

—*Em fa l'efecte que t'identifiques molt amb l'autor d'aquestes cartes; tot i això, hi ha unes diferències ben interessants entre ell i tu.*

Cap a on va?

—És clar que n'hi ha. Ell és una persona diferent.

Passa el comentari per alt.

—*L'home de la carta no se sent impulsat a cometre cap acte violent. I això que veu coses terribles, esborronadores.*

Comprova els apunts.

—*Però l'autor accepta la situació com a inevitable, tot i que el trasbalsa i sembla que faci que begui més del compte. D'altra banda, quan tu et vas trobar en una situació igual d'anguniosa, vas optar per la violència.*

Una pausa. A poc a poc, li aclareixo l'assumpte.

—No volia acabar com ell.

—*I com va acabar ell, justament?*

—Deus haver llegit les dues últimes cartes de la col·lecció. Saps perfectament bé com va acabar.

—*Si les cartes són genuïnes, sí.*

—Què?

—*No creus que és una mica estrany que ell escrigui des de Los Angeles i Oaxaca, i que Los Angeles i Oaxaca siguin els últims llocs que vas visitar abans de tornar cap a Londres?*

No m'agrada el to de la seva veu.

—*No creus que és una mica estrany que tant tu com ell compartiu una preocupació per l'Holocaust i els seus preliminars?*

—He tingut aquestes cartes des de fa anys. A què treu cap, tot això?

Es treu les ulleres, les observa un moment, com si fossin mocs en un mocador, se les torna a col·locar a la cara, s'aixeca i a poc a poc es posa a fer voltes per la sala.

—*Et diré exactament a què treu cap. Jo no crec que en Lowry escrigués aquestes cartes. Crec que tu pateixes d'unes quantes patologies que t'han anat rosegant des de fa un bon grapat d'anys. No sé exactament què hi ha al darrere, encara no, però els símptomes són prou clars: la manca d'amor propi, una obsessió amb la mort, una incapacitat d'establir lligams amb el sexe femení...*

—Ei, un moment...

—Crec que has passat per una primera fase d'una crisi nerviosa molt greu que vas intentar descriure d'una manera lateral, tangencial, en aquestes suposades cartes de Malcolm Lowry al teu avi. També crec que quan eres a Mèxic vas tenir una crisi, que ja no vas poder aguantar més la situació.

—No has fet fer cap prova sobre les cartes, oi? Ni una!

—No creia que fes falta.

—No creies que fes falta. Deixa'm que et digui una cosa: jo estic perfectament bé del cap. Perfectament! I aquestes cartes són genuïnes!

Sento com la pròpia veu es converteix en una mena de xiscle. El policia que fa de guàrdia irromp a la sala, se m'acosta, m'agafa el canell i l'estira fort darrere la meva esquena abans que pugui dir res.

—El posem a la sala d'espera, doctor?

Una pausa. El doctor reprimeix un somriure. Assaboreix aquest moment de reflexió.

—No, sempre que ens asseguri que es quedarà assegut durant la resta de la sessió.

Em mira. Faig que sí amb el cap. L'uniforme em deixa anar. Torno a seure.

—Seré fora si necessita alguna cosa, doctor.

—Gràcies, sergent. Espera.

El doctor Bishop arreplega totes les cartes, escriu alguna cosa amb pressa damunt un full de paper, adjunta el full a la pila de cartes i ho lliura tot plegat al policia.

—Entrega això al comissari en cap, si us plau, amb aquesta nota.

El doctor Bishop ja ha provat tots els trucs haguts i per haver: una actitud amable, una de freda, un toc de ràbia professionalment suprimit, preguntes ultraràpides; i ara se m'ha tornat tot solemne, com si se li acabés de morir el gos. Tan bon punt es tanca la porta, diu amb fermesa:

—*Sóc aquí per ajudar-te, saps? Així que «tranqui», com diu la joventut. On érem?*

—La meva crisi.

—*Això mateix. Crec que a Mèxic vas arribar al punt més baix de tots i que havies de fer alguna cosa per sortir del pou, oi que sí? Alguna cosa violenta. Molt violenta, ara que hi penso. Què dimonis pensaves fer amb tot aquell material?*

La seva curiositat és del tot genuïna.

Hauria deixat la bossa al costat de l'arc, abans de marxar. Fins i tot els capellans de merda que fatxendejaven amb faldilles allà a la catedral del costat, sí, fins i tot ells haurien sentit l'explosió.

—*No?*

Toca l'ase.

—*Em fa l'efecte que no estem arribant enlloc.*

Consulta els apunts.

—*A l'última carta que hem llegit, l'autor, i deixem-nos de discussions, ara per ara, sobre la identitat d'aquest autor, diu, i cito: «A cada pas, he provat d'oblidar que ella m'ha deixat; d'oblidar que sóc un home abandonat, un home abandonat.» Es tracta d'això? Alguna mena de separació? Busques alguna mena de venjança pel mal que t'hagi fet la teva dona? Se n'han donat casos.*

Déu del cel.

—*La teva xicota, doncs?*

Jesucrist en bicicleta.

—*Nòvio?*

Ja n'hi ha prou.

—Em sembla que estàs una mica obsessionat amb el sexe, doctor. Quant de temps fa que no fots un clau com cal?

Colpeja l'escriptori amb el palmell de la mà.

—*Molt bé, ja està: n'estic fins al capdamunt, de tu. Sergent!*

L'uniforme entra.

—Doctor Bishop?

—*Ja estic per avui. Potser hauríem d'informar el comissari en cap que...*

El comissari en qüestió entra; encara porta el puto anorac blau. S'assenyala a ell mateix.

—Parlant del diable!

M'assenyala amb el dit mentre continua mirant el doctor Bishop, tal com ha fet l'última vegada que ens ha interromput.

—Com que l'APT ens atorga el privilegi de tenir aquest penques tot solet amb nosaltres durant unes hores més, m'agradaria fer-te el relleu, si et sembla bé.

—*És tot teu, Rory. Seré a l'oficina si em necessites. Vull repassar els apunts.*

—Correcte, Murray.

El doctor Bishop s'aixeca, arreplega els papers i va cap a la porta.

—*Fins d'aquí a un parell d'hores, doncs.*

—Això mateix, Murray.

Amb un fru-fru de polièster, el comissari s'escarxofa a la cadira del doctor; a poc a poc, inspecciona la sala.

—Aquí hi falta aire, no trobes?

No crec que tingui cap obligació de contestar. El detectiu mira la taula un moment, i tot seguit en recorre la superfície amb la mà, com si en volgués treure fins l'última volva de pols. Llavors furga en una butxaca interior de l'anorac, en treu una gravadora compacta i la posa, amb decisió, sobre la taula. Plega les mans, les mira breument i em torna a mirar.

—Com és que tinc la impressió que no t'has adonat del tot de la profunditat del pou sec en el qual has saltat amb tant atreviment?

Una pausa.

—Podria ser a causa del fet que encara no t'hem apallissat, que és el que se suposa que nosaltres, els policies, solem fer en un cas així? Podria ser perquè encara no t'hem apuntat al cap amb una pistola o t'hem amenaçat amb la detenció dels teus familiars, tal com passa als llargmetratges cinematogràfics sobre l'IRA?

Silenci.

—No acabo d'entendre-ho, no senyor, perquè ja estàs acusat de possessió d'un dispositiu explosiu il·legal, cosa que et posa en una categoria ben especial. I vindran coses pitjors, perquè en el cas que també se t'acusi d'un intent premeditat de fer servir l'esmentat dispositiu explosiu il·legal en relació amb un objectiu específic, passaràs la resta de la teva vida envoltat de rajoles institucionals. I si, a més a més, se t'acusa de conspiració amb el fi de cometre un atemptat violent, seràs obligat a continuar gaudint de la hospitalitat de Sa Graciosa Majestat fins i tot quan hagis arribat a l'altre barri.

Aixeca la veu.

—Em captes, petit fill de puta sordmut?

Faig que sí amb el cap.

—Molt bé. Al contrari del doctor Bishop, no tinc ni el més mínim interès en els processos mentals d'una ment que fins un pardal endarrerit no dubtaria a qualificar de malaltissa, desequilibrada i antisocial. Només vull que em contestis unes quantes preguntes ben planeres, d'una manera igual de planera. M'explico?

Millor fer que sí.

—Bé. Quan vas prendre la decisió d'obtenir el material?

Millor contestar.

—A l'avió, quan anava de Mèxic cap a Los Angeles.

Aquella nit, a l'avió, vaig demanar unes quantes ampolletes d'un whisky fort i com a conseqüència les mans em van deixar de tremolar, i quan al capdavall vaig agafar el son, vaig acabar dormint com un nen. Sabia ja sense cap mena de dubte que quan tornés a Londres faria el que havia d'haver fet feia anys. Ja a l'esplanada de l'aeroport de Los Angeles, vaig treure'm la targeta que Dimitri m'havia donat i —pensant-m'ho bé— vaig marcar el número.

—És cert, això?

El comissari sembla un pèl sorprès.

—Veus que n'és, de fàcil, un cop que t'hi poses? Pregunta número dos: on vas comprar el material?

Un cop més puc satisfer la curiositat del senyor.

—A Los Angeles mateix.

El meu avió no sortia fins al cap d'un parell de dies, de manera que em vaig instal·lar a l'Airport Marriott, un hotel que tenia un vestíbul un pèl més petit que el del Royal Albert Hall; vaig pujar en un ascensor que feia olor de catifa acabada de rentar i vaig entrar en una habitació equipada amb tot de sabons i pintes i altres detallets presentats en cistelletes de vímet i també (vaig notar amb un petit somriure) amb un *wetbar*: una barra de debò amb ampolles i copes. Tot seguit em vaig dutxar, em vaig embolicar en una tovallola gruixuda, em vaig preparar una copa (no recordo de què) i vaig repassar les instruccions que m'havia donat Dimitri. La paraula clau que ell havia utilitzat quan li parlava per telèfon havia estat «conill»: «tenim tot el conill que puguis desitjar», deia, de manera que semblava que tota la conversa anés d'una agència de contactes que organitzava una cita per a un client (que enginyós!); vaig apuntar l'adreça. Em va demanar de dir el nom d'un llibre que podria portar perquè ella em reconegués. N'hi vaig dir un. Em vaig vestir, vaig prendre una altra copa del que fos i vaig demanar un taxi.

El taxi em va portar a l'altra banda del riu cap a un barri que havia anat a menys: aparadors tapiats amb taulons, unes quantes putes matineres i uns bars tan foscos que un talp s'hi hauria sentit com a casa només de travessar el llindar. El taxi es va aturar a la cafeteria que Dimitri m'havia indicat, i hi vaig entrar, vaig seure al costat de la finestra i vaig demanar una cervesa. Un parell de ventiladors d'hèlices intentaven renovar l'aire viciat. Darrere la barra (on un rètol de Budweiser amagava la meitat de les ampolles) una cambrera que semblava haver-se deixat arrossegar per un matollar al cap d'una vida dedicada a la prostitució ocasional xerrava amb un cuiner de menjar ràpid (mig indígena americà i mig vés a saber què). Al cap de vint minuts la cambrera em va servir una cervesa que tenia el gust que tindria una mostra d'orina en cas que un hi pogués tenir accés i li vingués de gust tastar-la. Quan començava a sospitar que Dimitri m'havia pres el pèl, em vaig fixar en una noia que havia aparegut a la taula del costat, qui sap quant temps feia; una noia a la flor dels seus vint i tants anys que duia una jaqueta de pell amb serrells tipus cowboy a les mànigues. De tant en tant es tirava els cabells color d'atzabeja enrere amb un moviment ràpid del cap i descobria així uns ulls foscos i brillants. D'esma, es va furgar les butxaques d'aquella jaqueta llarga de color verd i en va treure un paquet de tabac Suave, una marca mexicana; es va posar una cigarreta a la boca, llavors va tornar a furgar primer una butxaca i després l'altra; tot seguit va fer un petit soroll de desaprovació i va xiuxiuejar:

—Merda...

Amb els ulls va buscar la cambrera, però aquesta era a l'altre extrem de la barra, untant un panet amb alguna cosa viscosa; la noia se'm va adreçar:

—Tens foc?

I tant que en tenia. Em vaig aixecar i l'hi vaig donar. Llavors em va dir:

—Puc saber què llegeixes?

Li vaig ensenyar la portada. Va dir:

—Tenia la intuïció que eres el client. Ets força tímid, oi?

Vaig somriure:

—No t'havia vist.

—Seu, si us plau.

Vaig seure a l'altra banda de la taula. Va assenyalar el llibre.

—L'has llegit?

—Sí. Per què m'ho preguntes?

—Demano a tots els clients que em deixin el llibre que porten. Els llegeixo tots, des del començament fins al final. La meva educació. De què va?

—Va d'un anglès begut que perd els estreps a Mèxic.

Durant tota aquella estona ella m'havia estat observant: volia comprovar si jo era legal, suposava; en tot cas em sentia còmode, sabia què hi feia, allà, i què necessitava, i ja no hi havia res que em pogués fer desistir, res. Vaig dir:

—Anem per feina?

Va arronsar les espatlles.

—Vols dir que hem de posar fi a aquesta xerradeta tan agradable? Com vulguis, tio. Digue'm quant i et diré quant.

Vaig dir:

—No més d'un quilo.

La cara sencera se li va convertir en una ganyota que no hauria pogut expressar més disgust si m'hagués fet una palla a sobre seu.

—No *més?* Estàs familiaritzat amb el material?

—Sí.

Tot seriós, li vaig donar el nom de l'hotel i el número de l'habitació. Al cap d'una estoneta de rumiar-s'hi, va sospirar, va dir un preu i l'hora: les vuit. Li vaig passar la paga i senyal, amagada en el llibre.

—Los Angeles, dius?

El comissari em mira amb el que sembla un somriure als seus llavis pàl·lids i molsuts.

—I ara arribem al més difícil. Pregunta número tres: on va tenir lloc, la trobada amb el proveïdor?

Vaig treure els diners que feien falta del banc, vaig tornar d'hora a l'hotel i em vaig servir una ampolla de vi blanc californià; quan estava a les acaballes, va sonar el timbre. La vaig fer passar.

Ara portava una jaqueta de cuir que li anava baldera i uns texans estrets que li anaven d'allò més bé i que em van fer recordar, de passada, que havia passat molt de temps des que la meva cigala, que ja s'enduria com si portés una vida independent, s'havia lliurat a l'abraçada d'una figa sucosa. Ella va llançar una bossa de camussa damunt una de les butaques i va seure en l'altra. Vaig demanar:

—Una copa?

Em mirava com abans, amb uns ulls brillants, desaprovadors. Sense treure-me'ls de sobre, va dir:

—Tequila. Sense mescla.

El comissari aixeca un xic la veu.

—T'he preguntat: on va ser la trobada?

—A l'hotel de l'aeroport.

—El Marriott?

Ha fet els deures. Faig que sí amb el cap.

—Ara toca la pregunta suplementària, la que val deu punts: qui era el contacte?

Em vaig servir una altra copa de vi i vaig seure a l'espona del llit. Un avió silenciós dibuixava una cua de fum al llarg del cel visible. Amb la sensació deliciosa que formava part d'una sèrie policíaca nord-americana —música de suspens, gent dura que demanava gots de cafè a crits—, li vaig preguntar:

—Així què, què m'has portat?

Es va aixecar, va obrir la bossa i va mirar a dins.

—Volies un quilo?

Vaig fer que sí amb el cap. Va treure un paquet de la mida d'un puny i el va llançar al llit.

—Mig. Ho sento.

L'embolcall estava fet d'un polietilè encoixinat amb bombolletes de plàstic. Algunes van petar suaument mentre girava el paquet amb les mans. Va dir:

—Tròtil Dos.

Vaig alçar la vista:

—Com?

—Goma russa. El mercat n'és ple.

Goma russa.

—Vaig a buscar els diners.

Vaig obrir la caixa forta i li vaig passar un sobre que contenia la major part dels honoraris que havia cobrat per l'última feina, la de la pel·lícula mexicana (ben mirat, Dimitri recuperaria els diners que m'havia pagat). Ella el va deixar a la taula al costat de la butaca. Vaig dir:

—Que no l'obres?

Sense fer cas de la pregunta, va dir:

—Tu no ets un professional, oi?

Em mirava d'una manera gairebé enfadada. Ui, ui, ui.

—Com ho has endevinat?

—Oh, la mare, era una bruixa, saps?, al poble de per allà a Oaxaca: posseïa la Força, tal com ella la solia anomenar... Això i el fet que no has dit res dels detonadors.

—S'inclouen en el preu?

—És clar que s'hi inclouen. Què collons faries amb un tros de goma sol? Bricolatge?

Va tornar a furgar dins la bossa i va llançar un parell de paquets petits (també embolcallats amb bombolletes de plàstic) al llit. En va agafar un i va arrencar-ne l'embolcall.

—Això també és rus. Saps?, com més faig aquesta feina, més tinc la sensació que estic fent de tramoista del ballet Bolxoi.

Va ensenyar-me els dispositius.

—Aquí tens un encenedor MUV amb un detonador tipus MD Dos. Has de cargolar el detonador dins l'encenedor, així.

Vaig observar.

—L'MD Dos té un mecanisme d'èmbol que es pot programar.

Va tornar a llançar-ho tot al llit i, encara dreta, em va mirar fixament. (Unes tetes boníssimes.) Va dir:

—De manera que ara pots fer volar el pont del Golden Gate o qualsevol altra cosa que et doni la gana.

—No —vaig dir, somrient—, el pont no.

Va seure.

—Vull un altre tequila.

—De seguida.

L'hi vaig portar i vaig deixar l'ampolla al costat del got. Se'l va empassar tot d'un cop i tot seguit va dir:

—És la primera vegada que venc material a un aficionat.

Vaig decidir que tranquil·litzaria la dama amb una mentida:

—No és per al meu ús personal. Només faig el recorregut: el porto a casa per a un amic. Ell sí que és un professional.

—Oh. D'acord.

Es va servir més tequila.

—Per un moment he pensat que estava a punt de passar gènere a un boig acabat. Vés a saber, hauries pogut ser de la Germandat Blanca Ària, dels Sacerdots del Nou Mil·lenni, de la Jihad. Qualsevol fill de puta.

Vaig fer que no amb el cap:

—Sóc ateu. No tinc res a veure amb les milícies. I no estic boig.

Va prendre un altre tequila i em va somriure. Podia haver estat o no un somriure entremaliat, era difícil esbrinar-ho, feia tant de temps que una noia no em somreia d'aquella manera, però el cert era que els seus ulls centellejaven i jo confiava que els meus també portessin una bombeta encesa encara que només fos de seixanta vats, seixanta vats. Va dir:

—Em dic Maria.

Li vaig dir el meu nom. Llavors, burxant, va fer-me unes quantes preguntes prou personals perquè fins un ximple poc acostumat a lligar s'adonés que no eren del tot casuals: que eren, de fet, una indicació d'un interès femení i possiblement sexual i tot per la meva persona.

—A què et dediques?

Vaig encendre una cigarreta. *Una cigarreta.*

—No crec que t'interessi gaire…

—I tant que sí.

—Sóc càmera.

—Ah, sí? Quina mena de coses filmes, si es pot saber?

—Coses eròtiques.

Els ulls se li van enfosquir encara més. Em va mirar com si hagués acabat de reconèixer algú famós.

—No fotis.

—No, Maria, no foto.

—I va ser estrany?

—El què?

—Al començament.

—T'hi acabes acostumant.

Va riure.

—Vinga, parla'm de la teva feina. Vull sentir-ho.

Vaig descobrir, crec que per primera vegada, que no m'importava fer-ne cinc cèntims, de la meva professió. Al contrari, m'hi vaig engrescar a l'acte.

—He filmat grups de tres, de quatre, de cinc; he vist persones tan entrelligades les unes amb les altres que no hauries dit mai que aconseguirien separar-se de nou; he vist actors que perdien l'erecció en un tres i no res i d'altres que la mantenien aixecada durant sis hores seguides…

La Maria em mirava fixament; la seva mà ja era damunt la meva; l'agafava, encisada.

—Més.

Vaig riure.

—He vist forats del cul petits, petits, forats petits de femella, uns forats que semblaven botons d'abric que de cop badaven la boca i s'empassaven uns trossos de carn que es podrien subhastar en una fira...

La Maria va fer una rialleta.

—...he vist dones que s'introduïen dues cigales a la boca a la vegada sense deixar de somriure a la càmera; he vist noies que es masturbaven amb els dits, amb carbassons, mànecs de tornavís i un ventall de vibradors i consoladors més variat que les col·leccions de cintes de vídeo de la majoria de la gent; he vist com l'esperma sortia volant sense encertar la cara de la noia, de manera que havíem d'esperar durant una hora sencera per tornar a gravar tota la seqüència; he vist, Maria, tanta carn bellugadissa de color rosa en el curs dels anys que hi ha moments que penso que tinc un flam de maduixa en comptes d'un cervell.

Vaig tornar a riure. Ella també. Va dir:

—Per a mi serà el primer cop.

Em vaig inclinar cap enrere, observant la seva ganyota irònica i sensual, com si ja tingués la meva cigala a la mà, endurida al màxim, i en provés la punta, peresosament, amb la llengua.

—Com?

—Mai no m'he follat ningú del món del porno.

Vaig obrir la finestra corredissa i vam sortir al balcó, tots dos amb la mà ficada a la part de darrere dels texans de l'altre mentre miràvem com els llums es diluïen a les vores de l'aigua. *Això sí que val la pena*, em vaig dir, *un moment especial,* mentre l'abraçava amb més força, i quan vaig veure que tombava la cara cap a mi, una cara del tot atractiva, em vaig inclinar cap endavant i ens vam besar; tenia una llengua llisa i viva; vaig ensumar el seu coll perfumat, vaig prémer el seu culet alegre, i de cop el cervell em va quedar tan buit que vaig tenir la sensació que restaria buit per sempre més.

No va muntar cap número, ella; senzillament es va quedar al mig de l'habitació i es va despullar, i jo vaig fer el mateix sense més ni més, i de cop i volta érem a la catifa; cardàvem amb ganes, jo dalt d'ella llavors ella dalt de mi llavors jo darrere d'ella llavors ella que em xuclava a mi llavors tots dos xuclant-nos l'un a l'altre llavors jo que l'hi xuclava a ella, tot sota el llum brillant del sostre. Ella va tenir un parell d'orgasmes i jo vaig buidar els testicles del tot, vaig treure fins l'última gota, i quan, endormiscats, encara provàvem de cardar, vaig tenir una sensació meravellosa d'haver perdut alguna cosa que m'havia estat fastiguejant durant molt però molt de temps. La llum del vespre entrava per l'estor de tul, una llum antiga i grisa que ens va enxampar mentre ens besàvem, mentre ens besàvem com un parell d'adolescents, concentrant-nos enterament en l'activitat de les dues boques com si fos l'única activitat pensable, ens besàvem i ens besàvem, els ulls ara mig closos i adés tan esbatanats com els de dos peixos, ens miràvem mentre les nostres cares donaven voltes sobre el mateix eix, fins que vam fer una pausa per respirar: unes glopades llargues d'aire que sonaven com sospirs. Va dir:

—Un cop més. L'últim...

I ja m'acariciava la cigala vella i esllomada coberta de flocs assecats d'esperma i fluix, que ja s'enduria, i que va acabar endurint-se, de fet, més ràpidament del que mai s'havia endurit en sa vida, i no va trigar gens a entrar al cony, no, al conill, entatxonant-se cap dins; i vam follar així, ella gairebé immòbil i jo que la vaig pistonejar fins que les últimes reserves d'esperma es van mobilitzar i les hi vaig regalar al cap de no sé quants minuts d'empentes maldestres, i mentre tot això passava no deixava de ser al costat mateix dels adolescents de la plaça del Zócalo la nit anterior —el primer grup, és clar: el grup d'adolescents innocents—, *hola, xavals i xavales,* els vaig dir (amb la sensació que jo mateix era un d'ells), *ara sé com us deveu sentir perquè, sabeu?, quan jo tenia la vostra edat, vull dir quan era adoles-*

cent, vull dir quan tenia quinze anys, bé, jo no, no era molt... no sabia ser com sou vosaltres, xavals i xavales, és a dir, absolutament lliure de preocupacions, tot i que sé que així no és exactament com us sentiu, prou que ho sé, però sí que teniu una confiança que jo no tenia pas, teniu una mirada llesta i ingènua i arrogant als ulls que jo mai no vaig tenir a la vostra edat.

Havia oblidat com era de meravellós tenir una noia a prop, només per a mi: totes aquelles zones toves i els orificis molls i els gemecs suaus; com era de meravellós poder acariciar-li els pits suaument amb la mà com si el passat no existís; això era el millor, com si el passat insistent i molest no existís.

La llum matinal va aparèixer amb la frescor de la roba acabada de rentar i se m'escampava pel cos, que es premia contra el d'ella com si el volgués aplanar per tal d'incloure'l en una col·lecció —de papallones, de flors premsades, de qualsevol cosa per a nenes—; i les olors del matí pujaven del carrer i s'immiscien en les olors de la suor i l'excitació i les aixelles i el fluix vaginal; era un moment formidable, tots dos tan quiets com un parell d'insectes atrapats en la llum, la llum que s'arrossegava damunt nostre, un moment feliç que va acabar així que em vaig desenganxar d'ella. Em va somriure, entremaliada. Li vaig tornar el somriure. Que trapella.

Passi el que passi, no vull crear cap mena de problema a la Maria. Ni pensar-hi. L'Addie hi estaria d'acord, i amb raó: al cap i a la fi, la Maria em va donar un cop de mà.

M'adono, estranyat, que tinc la boca del comissari a cau d'orella. Diu:

—Veig que no en tens prou amb mantenir un silenci sepulcral a tall de resposta a la meva última pregunta, sinó que a més la teva cara cada vegada més irritant està somrient d'una manera francament estúpida. Al contrari de l'home que ha estat perdent el temps amb tu durant les últimes hores, jo no sóc un metge comprensiu. De manera que no se t'acudeixi fer el pallasso amb mi. T'ho preguntaré ben educadament una vegada més, després de la qual t'ho preguntaré gens ben educadament. Qui era el contacte?

No, no vull que li passi res, a la Maria. Respecte al que em pugui passar a mi, oh, poc m'importa.

—No t'ho sabria dir.

Bufeteja l'orella a la qual havia estat xiuxiuejant, amb tanta força que caic directament de la cadira, que també es tomba, però ell l'aparta amb un cop de peu per poder tot seguit donar-me un cop de peu a mi, als ronyons, unes quantes vegades. Gemego. Allarga les mans cap a mi, m'agafa pel coll, m'arrossega cap a l'escriptori, m'empeny d'esquena contra la superfície i tot seguit m'agafa els cabells amb una mà i em colpeja el cap contra l'escriptori alhora que continua atonyinant-me els ronyons amb l'altra.

—Qui era el contacte?

Sento cada vegada més dolor i no em puc estar de cridar en veu alta, de manera que en comptes de donar cops als ronyons dirigeix el puny directament cap al plexe solar, cosa que em deixa sense alè i fa que els crits es converteixin en esbufecs; m'agradaria inclinar-me cap endavant per alleugerir el dolor però no puc perquè no ha deixat de colpejar-me el cap contra la fòrmica una vegada rere l'altra. Aconsegueixo dir:

—No t'ho diré pas.

Em deixa anar un cop de puny al costat de la cara, tan fort que em torna a terra; estirat allà, sento com s'obre la porta; el doctor Bishop diu:

—*Ui. Ho sento, Rory. Faig nosa, pel que veig.*

—Aquest fill de puta hauria pogut matar algú, saps?

—*Oh, no en tinc cap dubte. Però...*

Passes cap a on sóc jo.

—*...crec que seria millor que ajornéssim la seva compareixença davant el jutge, oi? Si se'l veu una mica fet malbé, com si diguéssim, podria quedar malament.*

—Com vulguis. A més, demà, segurament, tindrem alguna prova nova en contra seu. Potser li podrem arrencar alguna cosa més abans de l'audiència. El vull a la garjola, Murray, no vull que aquest cas se'n vagi de cul per terra.

—*Oh, segur que no.*

Ja no puc concentrar-me en el que diuen. Tanco els ulls.

TERCERA PART: PRIVILEGIAT

Capítol 17: Addie

EM DESPERTO EN UNA CEL·LA GROGA, DE LA MIDA D'UNA cambra de bany petita. La cara i el diafragma em fan mal. Em devien estar observant perquè la porta s'obre gairebé a l'acte i entra el doctor Bishop.

—*Què, com va això?*

Una altra pregunta que no penso contestar.

—*Esmorza una mica i tornarem a començar. Més preguntes i respostes, em temo. Tot i que estic segur que estaràs d'acord amb mi que hi ha coses pitjors.*

Quan se'n va, fa un senyal a algú, i un policia uniformat entra amb un got de te i un panet. Per primera vegada en no recordo quant de temps tinc gana. Emboco el panet i enllesteixo el te, observat per l'uniforme, que diu:

—Vinga, cap a la feina.

M'agafa el braç amb força i em porta fora de la cel·la, al llarg d'un passadís i cap a la sala blanca, en la qual el doctor Bishop ja s'ha entaulat. No he dormit gaire i estic inquiet. Ell, en canvi, està fresc com una rosa. Un cop més, ha obert la carpeta i ha ordenat les cartes cap a un costat. Es posa les ulleres, plega les mans i em somriu d'aquella manera volgudament professional que té.

—*Bon dia.*

Passo.

—*Si us plau, seu.*

Sec. Com més el miro, més autosatisfet sembla. Dóna copets a les cartes i la carpeta. M'espero. Els blaus comencen a revifar-se. Em frego la cara. Diu:

—*Estàs bé?*

Faig que sí amb el cap.

—*Podríem dir, respecte al comissari en cap, que mossega molt i crida poc, oi?*

Esbossa un somrís que s'esvaneix immediatament quan ell mateix s'adona que el comentari que acaba de fer no té gaire gràcia. S'envermelleix, torna a mirar els apunts, fa cara de circumstàncies, agafa un boli i dóna un cop ferm a la fòrmica.

—*Qui, si es pot saber, és l'Addie?*

No és possible.

—M'ho pots repetir?

—*Mentre dormies, demanaves per una persona que es diu Addie. M'imagino que es tracta del nom d'una dona, oi?*

—Sí.

—*Aquest nom és una manera de dir Ada, potser? Adelaide?*

—No en tinc ni idea. Ella sempre es feia dir Addie.

—*Té cognom?*

—Reed.

—*I ella és de...?*

Somric.

—Ella és de Londres.

—*Em podries dir quina era la naturalesa de la teva relació amb ella?*

Mai no recordo on i quan va ser, exactament, que la vaig conèixer, per molt que m'hi esforço. Ella ja havia fet un munt de coses, tot i que només em portava un parell d'anys o potser una mica més.

—És una amiga meva.

Els blaus han començat a inflar-se de debò.

—*Una amiga íntima?*

—Sí i no.

Mira els apunts que acaba de fer.

—*Quan la vas veure per última vegada?*

L'última vegada que vaig veure l'Addie Reed va ser quan ella encara vivia a Londres: bevia molt, renegava com un carreter, cardava amb freqüència —no pas amb mi, però— i sempre tenia la mà aferrada a alguna ampolla d'alguna beguda tan bé de preu com de graduació elevada. No era pas cap bellesa i, pel que feia al cos, s'assemblava més a un barril que no pas a un rellotge de sorra, però tenia alguna cosa, alguna cosa que només jo i unes quantes persones sabíem apreciar, pel que es veia. Al seu costat, la majoria de la gent no eren res més que unes màquines que repetien les opinions divulgades pels telenotícies, uns compradors de segones residències, uns llepaculs. Mai no s'haurien atrevit a marxar de cop i volta, tal com va fer l'Addie un bon dia: se'n va anar vés a saber on, va fúmer el camp, va cremar tots els ponts. Cap notícia d'ella durant dues dècades.

—Fa uns vint anys.

—*Tot i això has repetit el seu nom una vegada rere l'altra mentre somiaves. Per què ho fas, si no l'has vista des de fa tant de temps?*

—Devia estar intentant posar-me en contacte amb ella.

Una pausa.

—*Mentalment?*

—Mentalment.

—*Es tracta de telepatia? Percepció extrasensorial? Tens alguna idea de com podríem localitzar la senyoreta Reed en el món tridimensional?*

—Em temo que no, doctor.

—*Ho dius de debò? Bé, estic segur que l'acabarem trobant, de totes maneres.*

Apunta alguna cosa.

—*Molt bé. Passem a l'assumpte número dos.*

Es gira cap a les cartes i, amb un toc un pèl dramàtic, me'n passa una altra. La miro i arrufo les celles.

—Això és una fotocòpia.

Fa que sí amb el cap.

—*T'hauria de demanar disculpes, pel que sembla. Ahir, per fi, vaig prendre la decisió de sotmetre les cartes a les proves pertinents, i per difícil que em sigui creure-m'ho, tot indica que són del tot genuïnes. De manera que hem guardat les originals perquè no es facin malbé. Deuen valdre una bona picossada. T'ho vaig demanar abans i t'ho tornaré a demanar: com carai les vas aconseguir?*

—Me les vaig trobar.

—*M'imagino que no valdria la pena preguntar-te on?*

Gens.

—*Bé, doncs, mirem aquesta d'aquí. A veure què en podem treure.*

Em fa que sí amb el cap per indicar-me que hauria de començar a llegir.

Capítol 18: Lowry (novena carta)

Dollarton, Canadà. 1946.

Benvolgut senyor Patrick,

He pensat que potser li vindria de gust rebre aquesta missiva breu, mal que hagin passat tants anys. Es veu que ens ha tocat viure una època ben estranya, oi? Pel que fa a mi, vaig passar la guerra en una mena de conillera que dóna a una badia, a l'extrem de la qual la companyia petroliera Shell tenia i encara té una refineria amb el nom de l'empresa en lletres vermelles i il·luminades, ben grosses, però s'ha fos la S, de manera que cada dia veia i encara veig, tan bon punt es comença a fer fosc, la paraula HELL: l'INFERN, mentre la guerra continuava, mentre els prats d'Europa s'omplien de creus blanques, mentre afusellaven i gasejaven els jueus (un cop aquests havien fregat i polit tots els carrers de Viena); mentre jo reescrivia el meu llibre per desena vegada, mentre les ampolles s'anaven enfonsant, buides, en les aigües del Pacífic, mentre el pare es moria.

Ara que el pare ens ha deixat, he de dir que sento una mena d'alegria curiosa; no em mal interpreti, la seva mort no m'ha fet feliç, el que passa és que la seva absència m'ha fet sentir més responsable, com si, per fi, pogués deixar de ser el caganiu de la família i treballar de valent, com un home de debò. De manera que aquí ens té, a la meva segona esposa (Margerie) i a mi, a la nostra conillera, fent retocs a la versió final del llibre abans esmentat.

Mentre hi treballo no em puc estar de sospitar que si és un èxit, aquest llibre, m'arruïnarà. Vull dir que si arribo a ser un escriptor d'èxit, gràcies a un llibre basat en la meva vida en tant que fracàs, seria com si hagués quadrat el cercle; vull dir que, si fos així, l'actitud rebel de tota una vida s'hauria convertit, justament, en una *cause célèbre*. No, mai no seria capaç de fruir de la fama com si això sempre hagués estat el meu objectiu final de debò, com si tots els meus sofriments no haguessin estat res més que una tàctica perquè la gent es fixés en mi, com si sempre hagués donat per descomptat que un dia sortiria dels baixos fons amb una corona de llorer nova de trinca als cabells suats i esbullats per tal de fondre'm entre les veus tremoloses de la festa de còctels de torn: *no passa res, nois, pot ser que faci una mica de pudor, pot ser que hagi de menester un sastre com cal, però aquí em teniu, torno a ser entre vosaltres; mai no us he perdut de vista; aquí em teniu entre vosaltres de debò, com si mai no us hagués abandonat, com si mai no hagués viatjat a l'altra punta del planeta per perdre-us de vista; no, i ara!, una salutació càlida a tota la colla, als companys d'escola, als col·legues de la universitat, tots emancipats i vivint a Londres com paixàs, quin gust, per cert, poder explicar els acudits de sempre, fumar les marques de tabac de sempre, xerrar la xerrameca de sempre, imitar els brams amistosos, les rialles ben educades sortides de boques localitzades just a sota d'uns ulls pàl·lids i envidriats.*

El llibre (gairebé acabat) és com un pastís amb moltes capes: és ple d'infidelitats i converses sobre l'alcohol, de llargues reflexions, de monòlegs sense fi que tenen lloc a Mèxic a una altitud insuportable; també conté molts detalls que segur que faran les delícies dels lectors: expatriats excèntrics, indígenes bojos que sempre van armats, nens que mengen insectes, velles endevinaires... Ara bé, com més temps passo escrivint, menys m'interessa tot això de Mèxic, sí, es torna cada vegada menys interessant, i al seu lloc la costa se m'apareix en una imatge cada vegada més nítida, la costa que hi ha als voltants de Southport, Blackpool, Formby, Ainsdale, Wallasey, Birkenhead, Bootle; la costa, lluent, amb les seves olors vigoritzadores i les seves dunes relliscoses, els putxinel·lis i el moll tronat, els passejos amb burro, el massapà, la màquina que funcionava amb monedes que mostrava com l'alcohòlic amagava les ampolles en llocs gairebé impossibles de trobar, el clapoteig de les ones, la platja, un lloc conservat pel mateix ozó que respiren milers i milers de nens petits, els crits dels quals ressonen per damunt de la lluentor de la sorra; la costa on anàvem tots fins que vam ser massa grans per escoltar com les gavines ploraven d'aquella manera tan commovedora; per aixecar nuvolets de sorra mentre hi corríem; per xisclar com posseïts quan l'aigua ens atrapava i ens deixava les sabates xopes.

Cadascú és un patriota del seu país particular, senyor P.; vaig marxar del meu havent-hi caigut en desgràcia, però això no vol dir que de tant en tant —mentre veig el HELL des del paradís de la meva cabana—, això no vol dir que no l'enyori, que no desitgi tornar-hi, que no vulgui formar-ne part d'una manera indiscutible, de la mateixa manera que enyoro, de vegades, algun moment del passat; una meravellosa setmana a Privincetown amb la Jan, per exemple *(què se'n deu haver fet, d'ella?)*: una setmana que formava una part (mal que em costi de dir-ho, ara que tinc la Margerie al costat) de l'amor que, sens dubte, sentia per ella, per la Jan, vull dir; fa anys d'això, jo era jove, ella era jove, sembla que tot plegat hagi passat fa vint anys, però no en poden haver passat més de vuit o nou. N'hi ha uns quants, d'aquests moments vius, i hi torno sempre que puc, igual que torno a la platja, tant que m'agradava anar a la platja...

No sé si ens quedarem al Canadà. Corre la veu que volen enderrocar totes les cabanes de per aquí per construir-hi alguna mena d'urbanització. I jo vull viure justament en *aquest* indret i no en una altra zona del país, que no em diu gaire cosa, la veritat, sobretot Vancouver, que és com una d'aquestes maleïdes ciutats nord-americanes, enormes i sense pietat, amb la diferència que hi ha esglésies anglicanes i la gent fa servir «bloody» com a paraulota.

«Veig» el meu pare de tant en tant, sap? Només en aquelles ocasions en què somreia, en què explicava algun acudit, en què em donava copets al cap.

En el cas que hi hagi alguna novetat, li escriuré de seguida. M'anava molt bé, cartejar-me amb vostè, sobretot durant les èpoques difícils que vaig passar a França i als Estats Units i a Mèxic; senyor Patrick, mai no oblidaré la seva diligència i la seva eficàcia a l'hora de fer-me arribar la mensualitat, malgrat un munt de dificultats pràctiques.

Capítol 19: cap a casa

El doctor Bishop arronsa els muscles.

—*Bé, aquí tenim més coses sobre el teu pare. És una de les raons per les quals t'identifiques tant amb aquestes cartes: la lluita contra el pare?*

El pare no era pas un home dolent, no pas un home dolent, en el fons; el que passa és que de vegades, de tant en tant, es diuen les coses menys adequades en el moment menys adequat a l'adolescent menys adequat durant l'època menys adequada.

—*Et trobes bé?*

M'he tapat els ulls amb les mans perquè no permetré que aquest funcionari disfressat de metge vegi que estic afectat. Obre un calaix amb un gest expert.

—Un kleenex?

Ja et pots fotre el kleenex al teu cul de panotxa. Aparto les mans de la cara.

—Els blaus han començat a fer mal.

S'envermelleix, el molt ximple. Durant una estoneta de res torna a mirar la carta. Llavors:

—*En Lowry va provar de tirar endavant, oi que sí? Malgrat tot, oi?*

—Com dius?

—*Va fer un esforç. Va escriure un llibre. No va permetre que s'enfonsés del tot. Al contrari que tu, oi?*

Me'l miro, bocabadat.

—*Mai no t'ha passat pel cap que podries convertir la teva còlera, i els altres trets obsessius, en quelcom més constructiu?*

—Més constructiu que què?

—*Vas entrar en una professió en la qual, la veritat sigui dita, la mediocritat és la regla i no pas l'excepció..., en la qual no hi ha cap possibilitat d'ascendir, en la qual no canvia mai res, any rere any...*

—Mare de Déu senyor...

—*Mai no se t'ha acudit que podries fer alguna cosa amb la teva vida que no fos ajudar a fabricar pel·lícules obscenes?*

—Vols una resposta? Ja et donaré una puta resposta, doncs: no, mai no se m'ha acudit. Ai!

Em poso una mà al tòrax. Les costelles em fan mal. El doctor Bishop està a punt de dir alguna cosa, però s'obre la porta i el comissari irromp a la sala. Passa el doctor Bishop per alt, va directament cap a la taula, hi llança una carpeta, seu en un cantó i alça una bossa de plàstic, que conté un tros de paper d'alumini, fins que és a l'alçada dels meus ulls:

—Tu! Vull saber què hi havia aquí dins i on ho vas aconseguir!

Saluda el doctor Bishop amb un cop de cap.

—Tot bé aquí dins, Murray? Estem treballant hores extres gràcies a aquest petit fill de puta. Passa que portava a sobre una substància narcòtica tan rara que ni tan sols és il·legal. Els nois del laboratori no saben treure'n l'entrellat.

Es torna a girar cap a mi.

—Així que, què collons és?

—És una medicina d'Oaxaca.

—Eh?

El doctor Bishop diu:

—*Es tracta d'una ciutat a Mèxic, Rory, que...*

El comissari sacseja la bossa a frec de la meva cara.

—També et van donar això a l'hotel Marriott? Un regal complementari potser?

En certa manera.

Encara faltaven unes hores per agafar l'avió, però ja havia començat a posar-me nerviós. Em vaig servir una Budweiser de la barra de l'habitació. La Maria va dir:

—Una mica d'hora.

—És per matar la ressaca.

Vaig fer un trago llarg.

—Segur que el material és per a un amic teu?

Vaig arronsar les espatlles:

—Amics, de fet, en plural. Uns amiguets.

Em va observar durant una estona més, llavors va dir:

—Hi ha coses que no m'has explicat.

Amb una dosi raonable de sarcasme, vaig dir:

—Deu ser perquè no cal que les sàpigues.

La intensitat de la seva mirada em va inquietar. S'havia apartat una mica, i em mirava el cap com si fos una bola de vidre. Potser sí que la seva mare era una bruixa. Quan va parlar, ho va fer a poc a poc i amb certesa:

—Crec que estàs malament del cap.

Això sí que em va afectar, i si no vaig perdre la confiança va ser gràcies als esforços que vaig fer per imaginar allò que aviat esdevindria realitat: les parets ensorrant-se, els vestits negres volant enlaire, el davantal de la criada principal esquitxat per la freixura dels nens que cuidava, i coses així.

—Ja m'hauria de preparar per al viatge, Maria.

Però ella no deixava d'observar-me.

—Tens alguna mena de pla...

Ja era a la cambra de bany, rentant-me les dents. Malgrat el dentifrici, vaig aconseguir dir:

—Tal com deia...

Vaig escopir.

—...no és assumpte teu.

Em mirava amb les celles corrugades, talment una mestressa de casa enutjada.

—Això depèn.

Sense fer-li cas, vaig tornar a l'habitació, vaig obrir una segona cervesa i em vaig posar a taral·lejar una vella cançó dels Soft Cell, *take your hands off me I don't belong to you, you see-ee-eee...* Caldria dir que, a mi, em queia molt bé, la Maria, gairebé havia començat a sentir alguna cosa per ella, sobretot en el moment, la nit anterior, que m'hi havia trobat tan a prop respirant els rastres del xampú dels seus cabells mentre ella repenjava el cap contra el coixí, extasiada; hauria pogut agafar simpatia a una mexicana jove i senzilla com la Maria, però primer havia de deixar d'observar-me com un voltor, cony, si hi ha una cosa que no suporto és que m'observin, que no em treguin l'ull de sobre; sort que al cap d'una estona va tornar a comportar-se com una persona normal i em va preguntar:

—Hi seràs d'aquí a una hora?

Vaig mirar el rellotge.

—Una hora i mitja. Per què?

—Ara vinc.

Va deixar els diners a la taula, un senyal inequívoc que sí que tornaria. No vaig poder evitar d'estar content pel fet que encara no ens haguéssim de dir adéu, no encara.

Mentrestant, amb molt de compte, vaig amagar el material acabat de comprar a les maletes mentre donava gràcies al bon Déu per la meva experiència considerable a l'hora de fer passar material audiovisual il·legal per les fronteres britàniques. Vaig prendre una altra cervesa. Quan la Maria va tornar a trucar a la porta, em sentia més sociable. Ella va somriure i em va ensenyar una piloteta de paper d'alumini:

—Això és per a tu.

A dins hi havia una boleta resinosa. Ella va seure i va començar a comptar els diners. Vaig ensumar el regal.

—Què és?

Es va ficar els diners en una butxaca interior.

—Un remei per al *jet-lag*. Una recepta especial de la mare.

—Ah. La bruixa d'Oaxaca.

Ho havia dit amb ironia, però ella em somreia:

—Això mateix. La mare té un remei per a tot, menys pel càncer i la sida.

—Què he de fer, mastegar-ho?

—Empassar-t'ho sencer. Quan arribis a casa, eh? És un *speed* natural, gènere de qualitat: no t'escurçarà pas la vida.

Mentre deia això se m'acostava i en un tres i no res ja la tenia davant meu, fent-me un petó; la seva llengua em lliscava a la boca com una anguila feliç, la seva màgia havia tornat a funcionar, sentia els gemecs afirmatius d'aquesta noia mexicana irrepetible i sempre jove que no semblava el tipus de persona que faria la mena de feina que feia ella, però això ja no em preocupava, allà la tenia, i allà era jo, i mentre ens despullàvem per segona vegada, em va semblar més que adient que folléssim en aquell moment, amb tanta energia, abans que jo volés d'una banda a l'altra de l'oceà, mentre l'objectiu, el blanc escollit, seia tranquil i confiat a la llum pàl·lida de la tardor londinenca, mentre ens llepàvem i ens inseríem els dits als forats del cul respectius, mentre ens tocàvem els genitals l'un a l'altre amb les mans i mig vam caure mig ens vam estirar al llit fins que formàrem un seixanta-nou, de manera que jo podia llepar els llavis foscos del seu cony, la cigala extasiada, el cos sencer recorregut per una frisança causada per l'anticipació de tot el que havia de passar després d'aquell orgasme final, quan tornaria a encetar el trajecte final, a punt de fer volar els anys de l'adolescència fins que no en quedessin ni les engrunes; posaria fil a l'agulla així que hagués acabat amb aquella intrigant titi llatina, em faltava temps, i quan ella va començar a cavalcar-me la cigala i els seus pits grans però ferms es gronxaven a un pam de la punta de la meva llengua, de cop i volta una frase em va passar pel cap i es va repetir una vegada rere l'altra, quin remei, *el passat és el nostre únic país.*

Després de dutxar-me, vaig tornar a embolicar la boleta resinosa i me la vaig embutxacar.

—No suporto haver de repetir-me. On. Vas. Aconseguir. Això?

—M'ho va donar una bruixa.

—Una bruixa mexicana, m'imagino?

—Correcte.

Es gira cap al doctor Bishop.

—L'única raó per la qual no li foto una hòstia tan forta que demà al matí hauria d'esmorzar amb el forat del cul és que tu ets aquí, Murray, i com el bon metge que ets, potser no veuries tanta brutalitat de bon ull.

Es torna a girar cap a mi.

—Quan vas prendre aquesta droga, eh, Nen Misteriós?

—Ahir. Al matí.

—Ho sents, Murray? No només portava prou goma explosiva per enderrocar la meitat de Downing Street, sinó que anava col·locat com una mala cosa.

El doctor Bishop s'ha alterat força, no deixa de desviar la mirada del comissari cap a mi i al revés.

—*No en sabia absolutament res. Una substància narcòtica hauria pogut influir en el seu comportament de moltes maneres...*

El comissari l'interromp. Els blaus fan més mal que mai.

—A mi tant se me'n fot com l'hauria pogut influir. Estic fins als collons de seure en una cabina amb uns auriculars escoltant les solemnes ximpleries que no ha deixat de barbotejar durant les últimes vint-i-quatre hores. T'ha explicat no sé quantes imbecil·litats sobre la segona guerra mundial fins que n'ha quedat fart, això sí. Però quan li toca parlar d'alguna cosa que coneix per experiència pròpia, llavors la seva boca es torna més impenetrable que el forat del cul d'un xapero un diumenge al matí en temporada alta. Escolta'm bé, maco, perquè no t'ho tornaré a preguntar: el proveïdor de la droga va ser la mateixa persona que et va proporcionar els explosius?

Em sorprenc a mi mateix quan, instintivament, em giro cap al doctor Bishop perquè m'ajudi.

—*Jo, de tu, contestaria la pregunta tan bé com pogués.*

—Sí.

—De quina mena de droga es tracta?

—No ho sé. De debò.

—Molt bé. De manera que eres a Los Angeles, al Marriott. Tenies la goma i tenies la droga. Després, què vas fer?

—Vaig agafar l'avió cap a casa.

Em vaig sentir més segur així que les hostesses de la British (amb unes cares tan pàl·lides com unes endívies escaldades) van començar a repartir caramels i bossetes de subproductes fets a Taiwan a la canalla, tan aviat com un tuf d'aigua bullida va omplir els passadissos i el capità ens va dir els noms de la tripulació sencera a tall de presentació, un rere l'altre, com si fossin els mestres d'una guarderia aèria. La pel·lícula va ser *Midnight Cowboy* («només hi ha una sola cosa que he sabut fer bé en tota la meva vida: l'amor»); quin descans, deixar enrere la Terra dels Valents i desempallegar-me de tot plegat: el llenguatge ràpid i infantil, les converses tan lentes sobre temes tan avorrits com ara la televisió, l'amenaça constant dels tirotejos. Cap a la mare pàtria britànica (tal com la gent la solia anomenar cap allà als anys cinquanta, quan encara es posaven plaques a les catedrals en homenatge a tots els herois que havien donat la vida per defensar la Raça de l'Illa); cap a la frescor grisa, la beguda cara, les tendes de sandvitxos i les fileres de cases situades en carrers plens de revolts, en un dels quals tenia la meva casa de solter; amb la diferència que aquesta vegada hi tenia alguna cosa a fer, en aquella casa, i no era pas netejar objectius de càmera, no era pas engreixar-me a base de cerveses, no era pas badar davant els perfils dels edificis a l'altra banda del riu.

A l'avió vaig xarrupar un te, mirant per la finestra les extensions de núvols, els mateixos núvols que havia vist per primera vegada en un llibre de la sèrie *Ladybird*; m'havien semblat tan meravellosos que tant de bo fossin reals, però ara que n'havia vist tants, de núvols reals, m'havia cansat de veure'ls; de fet, se'm va ocórrer que m'havia cansat de veure qualsevol cosa, que semblava que la ment se'm tornés cada vegada menys viva: tan flonja i uniforme com aquells camps de núvols que ja no m'encisaven; sí, tot s'havia tornat familiar i sentia com les parets d'un capoll acollidor ja es dreçaven, gruixudes, per embolicar-me, per portar-me silenciosament cap a la vellesa, però abans que això passés, vaig pensar (mentre, neguitós, tustava la finestreta de plàstic amb una contundència que va fer que un parell de passatgers es giressin cap a mi, esverats), abans que això passés faria alguna cosa perquè la gent es recordés de mi.

Feia tot just una setmana que havia marxat de Londres però, quan vaig baixar de l'avió i l'hostessa va dir *good morning*, vaig tenir la impressió que havia estat fora durant setmanes, o mesos i tot. En travessar l'esplanada de l'aeroport de Heathrow vaig veure les rengleres de diaris que abans coneixia tan bé als quioscos; dic «abans» perquè ara tot se m'havia tornat estrany (com en aquells moments quan tenia deu o onze anys, quan les parets de l'habitació s'entelaven o com a mínim em feia l'efecte que ho feien i tenia una sensació clara de ser una altra persona que mirava de fora del meu cos estant, que em mirava a mi que mirava les parets entelades).

No va ser fins que em vaig fixar en els noms dels diaris —*Sunday Times*, *Sunday Sport*, *Sunday Mirror*, *Sunday Express*, *The Independent on Sunday*— que em vaig adonar del fet que, efectivament, era diumenge. Hauria d'esperar fins l'endemà, doncs. Vaig agafar un taxi cap a casa.

Mirant de no trepitjar la pila de correu comercial que s'havia acumulat a l'estora de l'entrada, vaig deixar les meves coses a la sala d'estar. Vaig obrir una de les bosses i vaig treure el detonador i l'encenedor i el Tròtil Dos dels seus amagatalls, els vaig posar damunt la taula i, durant una estona, me'ls vaig mirar. Durant el vol havia estat esperant aquell moment amb ànsia, però ara que tenia el material al davant —el tros de plastilina i els dos dispositius— no em vaig exultar tal com havia imaginat, al contrari, de cop i volta se'm van tornar a fer presents unes imatges fugisseres del noi espantat a Ciutat de Mèxic; oh, sabia que s'ho havia merescut. Però —de cop i volta vaig dubtar, vés a saber per què— potser ja n'hi havia prou. Potser el millor seria llençar el material que havia comprat a la Maria al vàter i deixar-ho córrer, per molt que hagués volgut veure com els edificis s'enfonsaven, com aquells cabrons confiats xisclaven ferits, com les seves cares llises i pigades s'esquinçaven, es cremaven, es desfiguraven. Potser més valdria plegar veles i deixar que la processó anés per dintre, tal com havia fet durant tants anys, fins al moment d'aquell incident al bar londinenc, que havia portat la cua que havia portat. Fer un esforç, cony.

De cop, vaig tenir la sensació que m'estava ofegant. Vaig decidir fugir de casa i prendre una copa, al centre.

—De manera que vas anar a Londres, a casa teva, és així?

—Sí.

—I després?

—Vaig sortir.

El comissari somriu sense un bri d'humor.

—I tant que vas sortir, fill.

Dóna un copet a la carpeta que acaba de portar i es gira cap al doctor.

—Ja sabem la resta. Vols saber quines en va fer aquest senyor el dia que va tornar? Tot és aquí dins. Jo, de tu, m'ho miraria amb lupa.

Torna a mirar-me a mi.

—Només hi falta una dada essencial: l'objectiu de l'atemptat. Em fa l'efecte que la teva còmplice, Addie Reed, ai, perdó, la dama dels teus somnis que dius que no has vist des de fa tant de temps, podria donar-nos un cop de mà al respecte. I la localitzaré, maricó acabat, en pots estar ben segur. Fins aviat.

Dit això se'n va, sense deixar d'agafar la bossa de plàstic de mostres que conté el paper d'alumini. A la sala hi ha un silenci incòmode, com si el comissari s'hagués tirat un pet sonor en marxar. El doctor Bishop agafa la carpeta nova.

—*Hauria de donar-hi un cop d'ull abans que continuem. Fes un descans, si us plau. Te?*

Faig que no amb el cap. Comença a llegir l'informe que li ha deixat el comissari, sobre el dia que vaig tornar.

Vaig anar al parc de Saint James per la banda de Whitehall, agradablement begut; mirava els nans que travessaven el pont i les mares que empenyien cotxets i l'aigua de color verd fosc i els ànecs i les oques que s'hi capbussaven. Darrere meu, els cotxes passaven xiulant. Em vaig acabar la llauna de Carlsberg Export.

Poc després, vaig caminar en direcció a Trafalgar Square, pensant que hauria de comprar un sandvitx; no havia menjat res des del dia anterior i tot l'alcohol que havia consumit devia haver-me fet malbé l'estómac, tot i que (se'm va acudir tot d'una) tant se me'n fotia, si l'estómac estava bé o fet una pelleringa. Vaig entrar en un bar, vaig fer un riu i vaig prendre un parell de gerres i me'n vaig anar; l'aire era suau i també ho era el plugim que va començar a caure al cap de poc mentre els núvols prenien posicions al cel; vaig comprar unes quantes llaunes més i vaig fer cap a la plaça.

Cansat, hi vaig seure i vaig mirar els edificis: la National Gallery, Saint Martin in the Fields, l'ambaixada de Sud-àfrica, Angus Steak House, Apollo Foods. Gràcies a Déu, ja coneixia molt poca gent a Londres: no volia que ningú m'interrompés ara que somiava despert, ara que estava ben ebri, mirant els rètols, fent zàping d'un pensament a l'altre. Vaig alçar la cara a la pluja sentint com les gotes fredes es desfeien contra les galtes i el front.

—Ei, hola!

Hi ha molta gent en aquesta plaça, vaig pensar amb els ulls tancats, esperant que la veu se n'aniria, que tocaria el dos, que s'esvaniria; però es va tornar a repetir:

—Ei, hola!

Vaig obrir els ulls. A primera vista, no vaig reconèixer l'home de trenta i tants anys que tenia al davant, que portava un vestit de ratlles, que somreia amb llavis prims.

—Que no em reconeixes?

Vaig arrufar les celles i vaig dir:

—Doncs, no; crec que no.

Però els records se m'acostaven a poc a poc: el coneixia, no hi havia dubte, però feia veure que no, amb l'esperança que fotria el camp com més aviat millor:

—No. Ho sento.

—Va, vinga. Sé que ha passat molt de temps, però tot i així! Dominic, home! Dominic Winters.

El molt fill de puta sabia que jo sabia que l'havia reconegut. Impossible de fer més teatre. Vaig dir:

—Ah, sí...

—Com et van les coses? Veig que gens malament des que vam acabar el cole, oi? Has tingut èxit i tot això, no?

Va fer una rialleta. Déu meu, vaig pensar, que algú el faci pujar a la nau estel·lar Enterprise *ara mateix*.

—No ben bé.

—De vint-i-un botó, vas, ja ho veig...

Va assenyalar la meva roba esportiva.

—...segur que et guardes prou bé de la fam i de la misèria, oi?

No vaig dir res. Somrient alegrement, va indicar Charing Cross Road amb el dit.

—Guaita, la meva oficina. Assegurances. Així pago el lloguer, saps?

—Ah, sí?

La sensació de benestar que m'havia proporcionat la beguda ja estava en vies de desaparició. De cop i volta, em vaig fixar en la seva corbata:

—Ets una mica gran per portar això, no?

Se la va mirar, un pèl desconcertat.

—Ah. Això. Ara que m'he fet gran m'estic tornant nostàlgic, els anys de joventut i coses així...

—Quant temps fa? Quinze, vint anys?

Va somriure.

—Depèn de si comptem des del dia que hi vam arribar o des del que vam marxar, oi?

Sí, suposo que sí. Li vaig donar un copet a la galta.

—Me n'hauria d'anar. Ja fa massa estona que sóc aquí assegut.

—M'acompanyes? He de recollir uns papers a l'oficina.

Va tornar a assenyalar Charing Cross Road i de cop em vaig trobar dient:

—Doncs, sí.

Sabent que hauria d'haver dit que no, no i no, de cap de les maneres.

Miro el doctor Bishop, que llegeix l'informe del comissari amb atenció. Tinc curiositat per saber fins a quin punt ho han encertat.

Un cop vam ser a la porta de l'edifici d'oficines on en Dominic treballava, es va girar de sobte i em va tustar l'esquena:

—Escolta, per què no véns a sopar aquesta nit? Aprofitem aquesta trobada tan afortunada, no? Què me'n dius?

El vaig mirar, fent un esforç per amagar qualsevol senyal exterior de fàstic.

—Bé...

Per molt que m'hi escarrassés, no se'm va acudir cap excusa convincent. Em va donar una targeta.

—Anima't! Els excompanys hauríem de reunir-nos més. Aquest vespre, doncs? A les set?

Bé, vaig pensar, com que aquest insecte hi insisteix tant... Ell s'ho ha buscat. Vaig somriure, m'imagino que d'una manera poc convincent.

—A les set, doncs. Molt bé. Molt amable, Dominic.

A les set en punt *ding dong ding dong*, el timbre d'una casa en un carrer tranquil que feia olor de jardins molls cap botiga cap bar cap vianant a la vista. Al cap de poc, la seva veu va sortir flotant del passadís.

—Hola i benvingut!

Em va fer passar cap dins.

—Vols prendre un aperitiu? Al cap i a la fi, segur que tenim moltes coses per explicar-nos, oi?

Vivia en un pis còmode, a la planta baixa, amb unes finestres grans i un jardinet ben bonic. Tot estava en bon estat i net com una patena. Vaig seure en una butaca de pell de color gris perla i ell, en un sofà idèntic de dues places. Va insistir a servir Pimms, una beguda repel·lent, però fet i fet havia begut tant aquell dia que si m'hagués ofert creosota aigualida no m'hauria importat un rave, no, Dominic, ni un; el mirava mentre parlava; amb prou feines vaig poder seguir el fil de la història de la seva vida, que, pel que vaig veure, era força corrent, la d'una persona que havia tingut alguns alts i baixos sense que pugés ni baixés gaire, tal com s'escau a gent de la seva mena; perquè es tracta d'una mena específica de gent, Dominic. Ben educat, vaig escoltar els seus comentaris, fent que sí amb el cap; em vaig empassar saliva cada vegada que imaginava que li escopia a la cara. Però vaig deixar de somiar despert així que em va dir:

—Mai no et va agradar gaire, el cole, oi?

Justa la fusta, Dom, noi, justa la fusta. Vaig murmurar:

—No gaire, no.

Una ganyota d'incomprensió li va cobrir la cara (ben afaitada i encara jove, malgrat el pas dels anys, malgrat la corbata i l'americana).

—Però què hi tenies en contra? Mai no ho he acabat d'entendre, això.

Alhora que em deia *vigila, tranquil, vigila*, li vaig etzibar:

—No n'hi *tenia*. Encara n'hi tinc.

Va riure. Més ben dit, va esclafir de riure, i darrere seu també ho va fer una legió de bèsties enriolades.

—Per l'amor de Déu, ja ets adult, no és el mateix...

Ja em costava més controlar-me. Vaig dir:

—Ja saps què em va passar després...

—Però si molta gent acaba anant a un psiquiatre, tard o d'hora, no pots donar la culpa de tot a l'institut. Si més no, no ho pots fer durant tota la resta de la teva vida.

Fent un esforç, vaig dir:

—No ho faig, Dominic, no ho faig. Ja no.

—Doncs quin problema tens, punyeta? Al capdavall, no era pas un lloc tan dolent.

Ho va dir amb una cara de perplexitat exagerada; tenia el got inclinat a la mà, el Pimms gairebé a punt de vessar. Vaig aconseguir no alçar la veu:

—Sí que ho era, Dominic.

—Per què, per l'amor de Déu?

La beguda l'havia tornat xerraire i alhora un pèl agressiu. Un bevedor d'aquells. Vaig dir:

—Era un lloc *malèfic*. Tant aleshores com ara.

Em va mirar durant un moment, a punt de somriure, sense saber si feia broma o no. No tenia cap intenció de treure'l de dubtes, i al cap d'una estoneta va decidir de no esbrinar-ho del cert; en un to de veu expansiu, com si ho entengués tot, va preguntar:

—El més curiós és que, quan hi eres, a l'institut, tot i que te'n queixaves cada dos per tres, mai no vas fer gaires esforços per marxar, oi?

Què ho feia que els porus de la seva pell s'eixamplessin prou perquè els pogués veure i que els seus ulls es tornessin grans com unes closques de cargol? Què ho feia que les seves paraules semblessin sortir molt a poc a poc, com si se li haguessin exhaurit les piles? Em vaig posar dret.

—Aquell lloc va convertir a tots aquells que hi anaven, i que anaven a llocs semblants, en persones infernals. És clar que tard o d'hora acaben marxant de l'institut i fonent-se amb la gent corrent, però tot i això són fàcils d'identificar, amb un primer contacte n'hi ha prou. I llavors cal actuar, cal ocupar-se'n, d'ells.

Va haver-hi un breu silenci. Va dir:

—Fas broma, oi?

—On és el vàter?

Va somriure. Vaig suposar que alleujat.

—El lavabo? Al fons del passadís, l'última porta a mà esquerra.

—Gràcies.

No cal dir que ell tenia raó. Jo no havia fet res en contra de l'institut. Per molt que hagués descobert la naturalesa real d'aquell lloc, no havia fet res. Això sí, havia fet servir l'odi que sentia com un escut, perquè no acabés contaminat; però no havia fet res.

Vaig tornar a la sala d'estar; ell estava escarxofat al sofà, el got encara a la mà; tot seguit, va reprendre el fil de la conversa.

—Molt soroll per res, si vols la meva opinió. Jo, de tu, em preocuparia d'alguna cosa que valgués la pena.

Estava d'esquena a mi; li vaig preguntar:

—Com ara?

—La teva carrera professional. Un paio com tu, amb tants estudis...

Li vaig allargar unes mans decidides i ràpides i lliures i li vaig agafar la corbata, que vaig estirar cap a mi fins que vaig poder tocar-ne el nus, que, de cop, vaig estrènyer i estrènyer mentre ell deia:

—Deixa'm! No té cap gràcia, això...

El nus no es podia estrènyer prou i ell continuava parlant sense sospitar què passava, de manera que em vaig rendir.

—Ho sento, Dominic, una brometa, res més.

Vaig afluixar el nus del tot, traient-li la corbata de l'entorn del coll, que ell es fregava alhora que deia:

—De què punyetes vas?

De cop, li vaig encerclar el coll amb el llaç escorredor de la corbata, de manera que aquesta vegada semblava un dogal de debò, i el vaig estrènyer amb tanta força i rapidesa que va callar a l'acte, només va esbufegar mentre els seus cabells llisos de color castany tremolaven, vibraven. Com és que no vaig poder aturar-me?

Perquè anava per feina, vet-ho aquí. Alliberava el món d'aquell homenot repulsiu tot arrabassant-li l'existència. Les seves espatlles s'alçaven, les mans es debatien a l'aire en un intent d'acostar-se cap a mi, mentre jo estrenyia cada vegada amb més força fins que vaig veure que la seva cara començava a tornar-se blava igual que el seu clatell, que és quan vaig estrènyer amb més força que mai; llavors, aprofitant-se d'un afluixament momentani del llaç, em va llançar la copa a la cara, cosa que em va distreure prou per deixar-lo caure a terra. El vaig mirar mentre lluitava per respirar, la boca entreoberta: s'hi entreveia una part de la dentadura; tenia els ulls mig clucs, tan sols se li veia el blanc dels ulls, que em miraven fixament. I, és clar, la corbata ben estreta a l'entorn del coll: les ratlles es confonien amb la marca vermella de la pell. Ara bé, com a mínim no l'havia donat pel cul.

Vaig fugir corrents: fora del pis i al llarg del passadís, on encara es podien sentir els seus esbufecs rogallosos, i cap a l'aire fresc de la nit, on no se sentia res. Quina sort que no sabia on vivia i que feia temps que jo no sortia a la guia telefònica; quina sort tenir tota una nit per preparar-me per a l'endemà, sabent que aquesta vegada no hi hauria cap vacil·lació, que usaria tota la força necessària, que ja no tenia absolutament cap intenció de viure la resta de la vida esclavitzat per un impuls que ja em resultava incontrolable; després en podrien fer el que volguessin, de mi, durant la resta de la vida, fos llarga o curta, perquè la gran operació, ajornada durant tant de temps, s'hauria portat a terme i el tros de merda que portava a dins s'hauria extirpat per sempre; sí, a la cel·la podrien tirar-se'm i apallissarme, podrien escopir-me el menjar, podrien fer-me tot el que se sol fer amb els presos, perquè aquells anys a la presó serien els millors de la meva vida; ja els esperava amb una exaltació difícil de contenir perquè aleshores estaria net: el tros de merda dintre meu incinerat, dissolt, la ment equilibrada, jo en pau amb mi mateix i amb vosaltres, que segurament penseu que faig broma, que jugo a algun joc, us dic ara que volia veure els cossos a terra, volia alçar els ulls al cel en lloança dels que encara es retorçaven adolorits, com més dolor millor, com més indignitats patissin els nens aquells abans que s'acabessin les seves curtes vides, millor em sentiria per sempre més. Sí, ho volia fer, ho volia fer perquè no hi havia cap altra opció, cap ni una.

El bon doctor acaba de llegir l'informe, fa uns quants apunts, com sempre, i se'm torna a adreçar.

—*Saps què és, això?*

Ja m'ho imagino.

—*És una denúncia feta per un tal Dominic Winters, de Cranley Gardens, número 32. El senyor Winters va anar a la policia després d'haver estat assaltat brutalment en el propi domicili per un senyor la descripció del qual es correspon fins a l'últim detall amb la teva. El nom que ens va proporcionar no és el mateix que el que ens vas proporcionar tu, però m'imagino que el comissari i el seu equip no trigaran a confirmar que la versió del teu nom donada pel senyor Winters és la correcta. Durant l'interrogatori preliminar vas explicar al comissari que havies cremat el passaport abans de marxar de casa. Per què ho vas fer?*

—Donava per descomptat que més endavant no el faria servir gaire.

Desvia la mirada cap a la denúncia d'en Dominic. Arrufa les celles.

—*Aclarim les coses, d'una vegada. Diumenge passat, vas topar amb un antic company d'escola.*

Company d'escola.

—*Et va ofendre d'alguna manera, durant aquella trobada casual?*

—Oh, no.

—*En tot cas, vas acceptar quan et va convidar a sopar. Si no el volies veure, i el teu comportament posterior indica que això és més aviat dir massa poc, per què vas acceptar el convit?*

—Suposo que tenia curiositat.

—*Per què?*

—Per veure si podria aguantar la pressió.

Arrufa les celles, fent tremolar la seva careta llisa en una mostra genuïna de perplexitat mentre repassa la denúncia.

—*Pressió. Quina pressió?*

Llavors alça el cap a poc a poc, amb els ulls lluents; em mira de ple per primera vegada.

—*Déu meu, això té alguna cosa a veure amb el teu col·legi, oi que sí?*

Somric lentament. Per fi.

—*Vas provar de matar-lo perquè havíeu anat a la mateixa escola, vet-ho aquí.*

Ja somric obertament.

—Més val tard que mai.

Furga amb presses entre tots els papers que li cobreixen la taula. En treu un.

—*No hi vaig donar gaire importància quan me'l van lliurar ahir. Un petit incident en un bar de l'estació de Victòria, fa cosa d'un mes; el bàrman va cridar la policia ferroviària i aquesta va elaborar aquest informe. La descripció també correspon. Però l'home que vas empènyer del tamboret no va anar a la teva escola, oi que no? Ara bé, sí que va anar a una escola semblant. I amb això en tenies prou, oi?*

Em mira com si acabés d'identificar una patologia nova.

—*Déu del cel, de manera que tu no anaves cap a Whitehall, o el Ministeri de Defensa o el búnquer de Churchill o fins i tot el palau de Buckingham, oi que no? Tu tornaves al col·legi...*

Em torna a mirar fixament.

—Per l'amor de Déu, noi, aquells explosius anaven encebats, no eren maquetes. Si haguessin explotat, només Déu sap...

Em mira amb una barreja d'astorament, d'admiració i d'il·lusió professional, com si tingués John Wayne Gacy o Jeffrey Dahmer al davant, mentre jo penso en el somni que he anat alimentant durant més de vint anys, el somni somiat fins l'últim detall

havia de ser un bell bell dia d'estiu (tal com ho hauria expressat algun merda de poeta clàssic anglès mentre s'estirava damunt una gespa de les grosses), un bell bell dia d'estiu dels collons com el d'aquell dia en què imaginava que donaria l'últim cop d'ull als col·legials, mentre ronsejaven entorn de l'arc que menava al pati principal: semblaven escarabats de cuina. Llavors caminaria a poc a poc al voltant de la gespa i m'aturaria just davant de l'arc, des d'on observaria el pati, talment un turista. Hauria estat el meu pretext, en el cas que algú m'hagués preguntat què hi feia, allà. Al pati hi havia desenes d'escarabats més que s'arrossegaven amb pressa per l'empedrat; els ulls brillants d'intel·ligència fingida, la seva xerrameca d'insectes omplia aquell bell bell cony de pati antic, les seves pedres gastades per generacions senceres de gent de bé. Amb fredor, ateses les circumstàncies, vaig observar aquells insectes atentament. Les espatlles caigudes, el calçat de marca, els uniformes foscos, la pell llisa, els nassos petitons i altius, les rialles falses. Xerrameca d'insectes. S'havia de fer el que s'havia de fer. I ja està. Vaig donar una ullada a les entrades dels edificis on els estudiants dormien; als esglaons que portaven a la fastigosa sala d'actes; i a la puta botiga escolar. En marxar vaig deixar la bossa al costat de l'arc. Fins i tot els capellans que fatxendejaven amb faldilles allà a la catedral del costat, sí, fins i tot ells sentirien l'explosió. Vaig mirar el rellotge. Ui, més valia que m'afanyés. Amb rapidesa, vaig voltar la gespa color verd maragda i em vaig endinsar en el bram habitual del trànsit londinenc. Vaig fer cap al carrer Lombard i vaig entrar en un bar. Vaig tornar a mirar el rellotge. Les cinc. Vaig seure i esperar, teclejant amb els dits damunt d'una taula coberta de restes de cervesa. Al cap de cinc minuts es va sentir la música, esmorteïda per la distància i els edificis del costat, un retrò que senzillament no es podia confondre amb el petardeig d'un cotxe o d'un castell de focs, posem per cas, el retrò inequívoc d'una explosió. Seguit d'un altre. I un altre. I un altre. Pura música. Just en el moment de la màxima concentració de nanos. Hauria donat qualsevol cosa per ser-hi en persona, però, és clar, vaig haver de marxar. Vaig agafar un tren que em va portar fora ciutat i vaig dormir en una pensió. L'endemà prenia la fresca a la gespa d'un bar proper (ulleres fosques, jaqueta de pell color de carbassa, texans estrets, tenia una White Shield i un Southern Comfort al davant). Llegia el diari. Dinou d'aquells insectes havien mort a l'acte. Vuitanta-un ferits, vint-i-sis molt greus. El que més em va agradar van ser les fotografies. El vell i magnífic pati amb l'empedrat escampat a la babalà i les caretes mocoses dels morts plenes de talls causats pel vidre volant. Oh, tant de bo hi hagués pogut ser per contemplar les restes enrunades dels dormitoris on aquells fills de la gran puta l'havien feta petar; per veure les calaveres estovades i la pell i els cartílags lacerats que ja es trobaven en una habitació rere l'altra, en un racó rere l'altre. Els uniformes amarats de sang desplomats com titelles deixats anar. Haver pogut escoltar el somiqueig dels ferits i sentir el patiment com si fos meu. Haver pogut donar uns quants cops de peu als que patien més. Haver pogut admirar la runa en què s'havia convertit la sumptuosa sala d'actes (ja no s'hi faria cap més discurs, no s'hi farien més lloances de la intel·ligència, no s'hi farien més cerimònies rebuscades, inventades en la nit dels temps, mai més! Mai més!). Haver pogut riure per sota el nas mentre observava els membres escapçats que havien volat accidentalment cap al centre de la gespa tan ufanosa; haver pogut gaudir de l'espectacle dels magnífics edificis del pati, tot un patrimoni històric convertit feliçment en cendra, juntament amb els retrats de quatre-centes generacions de xuclapolles prominents que no havien deixat ni tan sols una engruna de tela pintada per recordar-nos de la seva puta existència. Haver vist, jo mateix, el fill de puta aquell de quinze anys que s'havia convertit en una icona de l'atemptat quan li havien fet la foto en el moment que s'arrossegava cap a l'arc, de costat, amb els intestins que li vessaven de la panxa, la cara pigada blanca de terror. Entre els morts hi havia dos professors, però no pas el director, no pas el cap. Cap cap mort. Tse tse tse. Vaig fer que no amb el cap. *Oi que és horrorós, això?*, em va dir algú assegut a la taula del costat, assenyalant el diari. *Sí*, vaig dir, *una gran llàstima.* Més tard, vaig descobrir que a una vintena dels ferits greus els havien hagut d'amputar algun membre o altre: una cama, un braç, un peu, ambdós peus, una orella, un joc de collonets petitonets. Suficient, vaig pensar, perquè aquests fills de la gran puta deixessin de somriure d'aquella manera tan arrogant d'una puta vegada per sempre més

I ho haurien fet, si no hagués estat per la Maria. El bon doctor continua:

—*...només Déu sap què hauria passat. Quin cas més fascinant. No entenc que fossis capaç ni tan sols de pensar a fer una cosa així...*

Cada dia durant els cinc anys que va durar la meva educació l'odi en persona m'agafava de la mà així que jo entrava per sota de l'arc de l'entrada. Vaig provar d'explicar-ho als amics, que van quedar parats (potser ho van arribar a entendre més tard, quan s'havien convertit, sense saber com, en imbècils xerraires, ja incapaços de lluitar contra la influència de l'Alma Mater). Explicar que jo sabia que darrere les pedres de color gris clar, els passadissos grocs, les escales d'incendis podrides i els terres encerats, unes formes invisibles es movien.

Fins que, per fi, l'esperit, l'enemic, es va manifestar. Ho va fer damunt la paret de la botiga escolar i ho va fer només a mi i a ningú més. Era escanyolit, de color negre (tot i que alguns grapats de pèl li havien caigut de diferents zones del cos, que exposava així unes clapes de pell tibant, d'un rosa groguenc), i em mirava fixament amb uns ulls verds i inexpressius, d'una manera que feia pensar que la bèstia ja m'havia estat mirant durant una estona abans de prendre la decisió de fer-se visible. Al cap d'uns quants segons, va córrer per damunt de les pedres, va saltar directament a la meva espatlla i em va començar a xiuxiuejar unes insinuacions, unes insinuacions esfereïdores i repugnants que van convertir la meva vida en un malson particular, un malson obsessiu, dia sí i dia també.

Jo era l'únic que era conscient de l'existència d'aquest acompanyant espectral i maldava per protegir-me de la seva influència tot construint una barrera —feta d'odi pur, l'únic material disponible en aquell moment— entre jo i ell. No tinc cap dubte que se'm va manifestar a tall de càstig per haver esbrinat a què jugaven, ell i els seus companys de joc: per haver-los descobert mentre passaven volant a través dels maons o bé suraven d'incògnit per damunt del pati, i feien que els nens que ells vigilaven entressin a poc a poc en la trama del mateix espectacle diabòlic que en Lowry havia descobert a Cambridge, o quan al·lucinava en la seva cel·la, a Oaxaca; uns nens que, anys més tard, marxarien de l'escola, tots preparats per ocupar els seus llocs al sol, privilegiats, infectats, perillosos.

—T'hi van maltractar? Hi va passar alguna cosa que et va afectar especialment?

—Res no m'hi va passar. La cosa no va per aquí, doctor. Era una escola privada normal, plena de ionquis esnobs que gallejaven amunt i avall pels passadissos; hi havia algun cas de sodomia col·lectiva, en acabar les classes. Res de tot això, però, em va afectar gaire.

Vaig fer una rialla seca, que faltava poc per ser un singlot.

—Senzillament, me'n vaig assabentar, res més: del que hi havia, del que hi havia entre les pedres, en les veus dels nois, en l'olor mateixa del lloc, i jo era l'únic que me n'adonava, jo era l'únic que sabia que érem en un lloc d'aquells en els quals el Mal es reprodueix, el mateix Mal que es pot convertir en qualsevol atrocitat que se't pugui acudir. Cal saber resistir-s'hi. Així, es capgirà, saps?

Serà aleshores que tot anirà bé.

Té la cara tibada i els llavis desencaixats; s'intueix un tremolor, reprimit amb dificultat, en la seva veu.

—I tu pensaves que podries posar fi a aquesta suposada amenaça si mataves una colla de col·legials?

Serà aleshores que tot anirà bé, quan els priviligiats en potència volaran enlaire, de cap per avall, i al seu deixant enginyers de projectils amb ulls petitons de garrí es desfaran en una mar de llàgrimes als volants dels seus Volvos, mentre els presentadors dels telenotícies es taparan les cares i sanglotaran sense control, mentre el cap d'una noia vagament africana vagament asiàtica vagament escòria blanca es posarà a giravoltar cada vegada més ràpidament al cel: arreu d'Europa arrestaran grups de neonazis als carrers de cada ciutat i els entaforaran en contenidors folrats de calç viva i se'ls emportaran cap a estacions de pas pintoresques enmig del camp per espollar-los abans d'obligar-los a cavar les pròpies tombes als camps de futbol dels seus equips preferits mentre musulmans antisemites, encuriosits, ensumaran el Ciclón-B que pujarà de les cassoletes de les seves pipes de kif i es tancaran paramilitars serbis amb pany i clau en habitacions sense finestres i se'ls violarà dotze cops al dia (amb els passamuntanyes posats) abans de llançar-los, talment uns sacs bellugadissos, damunt una foguera immensa feta de pneumàtics Michelin mentre xenòfobs francesos es trobaran encadenats a les parets d'unes cel·les calentes fetes més calentes encara per la calor dels soldadors, que faran xiulades de color groc mentre s'acostaran a la pell pàl·lida, pàl·lida com la de les noies clavades a Joana d'Arc, que seran llançades vives des d'helicòpters mentre les zones residencials on viuen els corredors de borsa de la Gran Bretanya seran arrasades per cuirassats voladors plens de soldats provinents d'una terra d'abundància mentre suïssos esparracats hauran de tancar files en pilotes al costat de bonics senders de muntanya per ser afusellats tot seguit, cauran als barrancs on els seus cossos faran xiu-xiu i rodolaran lentament en munts cada vegada més compactes, mentre que de Finisterre fins a Magadan tots els caps es giraran cap a la dreta i a l'esquerra per confirmar que, efectivament, estan atrapats en un xàfec d'uniformes i bales i espetecs de ràdios antigues i fusta cremada i una ferum estranya i poc familiar, fins que se li acudirà, a la bona gent, que està pagant un deute que s'hauria d'haver pagat fa molt de temps, que ja és hora que es desempalleguin de la bèstia que se'ls ha aferrat a les espatlles i que gralla les seves regles malèfiques, que ja és hora que tothom respiri fondo i que no permeti que ni tan sols una miqueta de maldat li entri als pulmons, que ja és hora de dir adéu a tota l'aigua grisa de banyera xuclada cap al desguàs d'una època a punt de ser oblidada, adéu-siau salut a reveure fins una altra mentre la bona gent deixarà de plorar perquè estarà mirant fixament la lluentor blanca i encegadora dels anys futurs, perquè serà aleshores que tot anirà bé, *que tot anirà bé!*

El miro fixament; ja veig que em vol qualificar de terrorista vil. No se'n sortirà.

—S'havia de fer.

Parpelleja, atònit.

—*T'adones, suposo, que tot això no és res més que el resultat d'un sentiment exagerat de culpabilitat? No hi ha res de dolent en el fet que, de jove, hagis tingut una educació força privilegiada.*

No crec que sigui tan senzill com això, doctor.

Un arriba a una edat en què segons quines coses ja no es poden tolerar. Hauria pogut fugir, hauria pogut anar a viure a l'estranger, per exemple. Però sospitava que el passat també m'hi seguiria. No, havia de fer el que havia somiat fer durant tant de temps. Al cap i a la fi, ja no era l'adolescent tanoca que havien terroritzat feia vint anys, no, ja era un home i estava a punt d'obrir foc contra els fantasmes fins que sortissin dels seus amagatalls, i això significava, afortunadament, que hi hauria algunes víctimes, entre les quals esperava no comptar-me. La sang d'uns quants cabrons consentits, em deia, no era un preu tan alt a canvi d'estroncar el degoteig malèfic que des de fa temps s'ha anat infiltrant al món del meu país estant.

Tus, i prova d'asserenar-se.

—*No et va passar pel cap que hauries pogut fer quelcom que no fos adquirir un dispositiu explosiu?*

—Apuntar-me a una ONG?

—*No ben bé: quelcom que hauria funcionat per a tu. Una solució personal.*

—Hauria pogut beure. Hauria pogut acabar produint aquells crits de por borratxos en els quals en Lowry es delectava.

—*Però hi deu haver hagut alguna alternativa. Alguna cosa més positiva.*

—Quan tenia divuit anys més o menys, vaig pensar a marxar del país. Emigrar.

—*A on?*

—Barcelona, potser.

—*Per alguna raó en concret?*

—Sospitava que l'Addie havia desaparegut en aquella direcció.

—Per què no hi vas anar, doncs?

—Va ser per aquella època que vaig aconseguir entrar en el món del cine, i em va agradar. De manera que m'hi vaig quedar.

S'inclina cap endarrere mentre pica a la taula amb els dits.

—A veure, aquí hi ha una cosa que no encaixa. Abans-d'ahir ho tenies tot a punt. Et va costar Déu i ajut aconseguir els materials que necessitaves per portar a terme el teu pla. Però mai no el vas portar a terme. Què et va passar? Què et va fer canviar d'opinió?

El dia després de l'episodi amb en Dominic, vaig prendre un bany ben calent i ple d'escuma; m'hi vaig enfonsar, en l'aigua, pensant com n'era, d'extraordinària, la ment humana, perfectament capaç de deixar de banda segons quins records agradables (en Dominic cargolant-se al terra del seu propi menjador, per exemple); el sabó em relliscava pel cos, tenia els ulls mig clucs i somiava despert en un món lliure de ressaques i pensaments inquietants, un món en què no era possible cometre cap pecat, un món lliure de neguit.

Mentre m'enfonsava encara més en l'aigua vaig recordar com, de nen, solia fer bombolles amb la boca al nivell de la superfície de l'aigua, i durant un moment vaig tornar a fer bombolles; un cel blau es feia notar més enllà del vidre opac de la cambra de bany i el sabó feia una olor tan bona; vaig mirar com el propi cos s'estirava davant meu, distorsionat per l'aigua, i vaig abaixar el cap fins a quedar ben submergit, i vaig oblidar-me de tot, tot, tot, mentre feia una bombolla rere l'altra, imaginant com devien rebentar-se a la superfície de l'aigua, rebentant-se com les bombolles que fan els pets, que deixen aquella pudor de resclosit enmig del vapor i l'olor de sabó.

M'havia cansat força en el curs dels preparatius (amb orgull, vaig mirar el paquet que havia preparat, dins una bossa de Sainsbury's: podria canviar tantes, tantes coses), i va ser amb una sorpresa agradable que em vaig recordar de la píndola de la mare de la Maria, que encara tenia a la butxaca de la jaqueta: l'amfetamina natural. Per si de cas alguna cosa anés malament, vaig pensar, seria adient tenir aquell record de l'última persona (amb tota seguretat) amb qui hauria follat, recorrent-me les venes; i, a més, en aquell moment em feia falta un estimulant, i tret d'això —vaig pensar mentre me l'empassava amb una copeta de vodka ben fresca—, allò de prendre drogues com qui no vol la cosa era propi de les persones que passen de tot, i jo no feia res més que passar de tot, aquell matí fred i lluent. Tot seguit vaig agafar un encenedor i vaig calar foc al passaport; vaig mirar com es cargolava sota la flama.

La boleta tenia un regust terrós, desagradable, com de dentifrici homeopàtic, de manera que vaig decidir netejar-me la boca amb una cerveseta, que vaig acabar portant cap al jardinet de davant de casa juntament amb el cendrer, el contingut cremat del qual vaig llençar al riu.

Vaig comprovar l'hora. No hi havia cap pressa. Vaig mirar els edificis a l'altra banda del riu; la terrassa del pub on algú que no coneixeria mai muntava unes taules. Se'm va acudir que la pau devia ser una cosa així: un estat lliure de ressentiments (una suau música de cascavells a les orelles), lliure de penediments, d'autocompassió, de falta de confiança, d'egocentrisme. Que bé! Així, vaig pensar, és com et deus sentir quan t'adones que tot és cent vegades més fascinant que tu mateix: els edificis, el vaivé de l'aigua, la formiga que em patrulla el dors de la mà, la publicitat descarada que m'espera, tancada en sobres, prop de la porta; tot això gesticulava i vibrava i feia balls hawaians cantant a través de l'aire gris, mentre una brisa entrava del riu estant, mentre els records del passat passaven en successió ràpida, fent pampallugues cada vegada més breus, noies i nois homes i dones i algun gos i algun gat, tots rodaven com daus en un got aguantat per una mà invisible.

Vaig tornar a mirar el rellotge. Era hora de marxar. Per fi. Els batecs del cor se sentien ben emparats al seu cau, la terrassa de l'altra banda del riu s'omplia de clients, les primeres rialles dels quals s'evaporaven en l'aire fresc. Vaig llençar la llauna buida de cervesa al riu. Era imprescindible passar a l'acció, realment imprescindible. Però així que em vaig girar, a punt de marxar, vaig sentir una mena de cop esmorteït a la part de darrere del cervell, quelcom semblant als efectes inicials de la clomipramina que m'havien receptat feia anys; una sensació com si algú m'administrés un ènema de cola blanca per un orifici obert al clatell.

Quan vaig tornar a obrir els ulls al cap de no sé quant de temps, em vaig fixar de seguida en l'enfosquiment inesperat del cel. Al cap de poc, va tornar a sortir la llum, i un rot immens i llunyà va ressonar entre els edificis i es va extingir, amb un soroll de singlot, per damunt de l'aigua, que, em vaig adonar, s'havia tornat verda, un verd més aviat lleig.

Els edificis de l'altra banda del riu havien perdut alçada i s'havien tornat baixos, mal construïts i vermellosos. Em vaig fixar en una marca comercial desconeguda, anunciada amb una lletra pròpia dels anys cinquanta en una paret escrostonada: Bata Shoes. Els clients a les terrasses dels bars havien deixat de riure i miraven amunt i avall, preocupats. Un d'ells va començar a assenyalar alguna cosa amb un dit, que vaig seguir amb la mirada fins a un objecte que surava al riu, fosc i impossible d'identificar fins que un remolí d'aigua el va fer girar, panxa enlaire. Hi havia un altre cadàver a poca distància, seguit d'un altre, fins que tot el riu s'havia convertit en un rierol llarg de cossos ennegrits. Vaig sentir una veu seca i autoritària a la dreta i vaig veure un equip de televisió que s'havia reunit dalt d'uns esglaons que portaven cap a l'aigua. La directora, que portava un barret de palla, va assenyalar l'aigua i va etzibar:

—Vull uns plans generals.

Tot seguit, va baixar els esglaons seguida del càmera i el tècnic de so, que caminaven amb cautela per no relliscar i fer malbé els aparells. Ella va saltar de l'últim esglaó fins a un tram estret de sorra que la marea encara no havia submergit, i en aquell moment el cel va fer pampallugues i llavors va haver-hi un altre desmai de llum; quan, un cop més, la llum va tornar, les aigües havien pujat tant que envestien les cuixes de la directora; va xisclar quan un farcell inert va entaforar el cap en el seu entrecuix mentre l'equip va relliscar als esglaons de baix ja llepats per l'aigua, que tenia un color de crema passada; la càmera i la perxa i la funda van caure al riu.

Quin conyàs d'efectes secundaris, em vaig dir, hauré de comentar-ho amb la Maria, si és que mai la torno a veure. Tot seguit em vaig concentrar en la feina: vaig agafar la bossa amb compte i vaig sortir al carrer.

La gent estava dreta, amb cares estupefactes, en el fang dels seus jardins, preguntant-se què se n'havia fet, dels jacints i els xuclamels; com a mínim ja no fa fresca, vaig pensar, de fet, feia moltíssima calor, tanta, que les cares dels veïns s'havien cobert d'una capa de la pols groguenca que el vent feia anar amunt i avall, formant núvols petits. En veure uns treballadors que sortien de la boca del metro, esverats, vaig agafar set i vaig entrar al bar més proper, on una fortor d'excrements em va escometre els narius. Hi havia una mena de bocoi en un racó, ple d'aigua estancada, i un home blanc amb cara de pomes agres em va dir, amb una veu que suggeria que ell mateix no s'ho acabava de creure, que només tenia taronjada i cervesa. Vaig demanar una cervesa, i ell va ficar una mà al bocoi i en va treure una ampolla tèbia que havia perdut l'etiqueta. Vaig beure directament de l'ampolla, i em vaig eixugar el front amb la mà lliure mentre pensava que la Maria realment m'hauria d'haver dit que no es tractava tan sols d'un estimulant, ni molt menys, tot i que, de fet, sí que em sentia viu i ple d'energia, de manera que no vaig trigar a sortir, preparat per al viatge. Quan vaig tornar a la boca del metro, uns empleats de la casa, desconcertats, escrivien uns rètols amb guix que explicaven que els trens ja no funcionaven a causa d'una tallada de corrent. De seguida vaig decidir fer el viatge a través de la ciutat a peu, cada vegada amb més vitalitat, cada vegada amb més ganes, mentre caminava a grans gambades, davant de les façanes suburbanes escalfades pel sol, fent cap, tan ràpid com podia, al centre, on l'objectiu m'esperava.

Mitja hora després, tot i que havia caminat molt, els efectes secundaris encara no havien desaparegut.

Quan, per fi, vaig arribar al parc de Saint James, l'herba s'havia tornat de color ocre a causa de la calor i els ànecs es barallaven pel que quedava d'aigua, que reposava al fons de l'estany. Unes persones tan primes que feien angúnia s'estiraven aquí i allà, algunes d'elles al camí mateix, immobilitzades. I allí, una mica més endavant, hi havia el palau de Buckingham; tenia les finestres trencades i els reixats penjaven de les frontisses; a la plaça d'armes, hi havia unes taques grans, d'aspecte desagradable.

Vaig seure en un banc i vaig tancar els ulls, fatigat i tremolós; tenia la sensació que el cap s'havia convertit en una làmpada de lava. Vaig recuperar l'alè al cap d'una estona i vaig decidir tirar endavant.

Vaig evitar el palau i vaig caminar cap a l'estació de Victòria, i tot seguit vaig enfilar el carrer de Wilton. El mercat del carrer encara hi era, reduït a unes quantes parades que ja no venien res més que síndries.

Em vaig aturar i vaig observar l'escena, preguntant-me quant de temps duraria l'al·lucinació.

Ràpidament, vaig caminar Charing Cross Road amunt, per on un autobús bramava com si cada bram hagués de ser l'últim, carregat de gent que se li aferrava als costats o treien el cap per les finestretes sense vidre, talment uns titins a l'aguait. Les llibreries convencionals i les de vell havien tancat les portes amb pany i clau, i tant els dependents com els gerents feien servir els volums per alimentar les petites fogueres de carrer que havien encès sota unes graelles metàl·liques, damunt de les quals provaven de preparar uns esmorzars típics anglesos amb un grapat de tomàquets i una mica de cansalada d'aspecte repulsiu, amb una ensumada de la qual en vaig tenir prou per rebutjar la seva oferta, per molta gana que tingués després de tant caminar. Vaig fer cap a l'est i aviat vaig arribar als jutjats principals, els Inns of Court, negres de brutícia. Alguns trossos de les escultures de pedra havien caigut a terra; un advocat s'havia col·locat dalt d'una gàrgola esmicolada i jugava d'esma amb la perruca. Jo ja estava a tocar de l'objectiu i ho vaig poder confirmar quan, al cap de poc, vaig passar per davant del col·legi religiós de nenes per on, feia anys, havia passat cada dia, camí de l'institut. Aquesta vegada hi vaig veure, per primer cop, uns casos d'elefantiasi: els uniformes grisos de les senyoretes no eren prou grans per tapar les seves cames botides i pustuloses. Em miraven, apàtiques, a través dels reixats.

L'objectiu (feia un esforç considerable per concentrar-m'hi i no fer cas de les visions) ja era a una distància d'uns cinquanta metres. El cor em bategava com una mala cosa. Vaig tombar la cantonada i ja el tenia al davant.

L'arc. L'arc sota el qual havia caminat tantes vegades, els rajos febles del sol a l'esquena, el fantasma a l'espatlla, xiuxiuejant imprecacions; el cor encongit de por, els ulls abaixats, arrufat de front, uns renecs que només jo podia sentir s'escapaven de les meves dents serrades; havia esperat cada dia que la situació canviés, que em rescatessin, que m'alliberessin, cinc dies a la setmana durant cinc anys: l'arc! Estava decidit a no tornar enrere. Vaig caminar, ben estirat, cap al pati. Sabia què hi trobaria: un professor esquifit i porc, que portava una toga negra i caminava a grans gambades per damunt de les pedres, alguns grups de nois que es recolzaven a les parets mentre xerraven la seva xerrameca d'insectes, uns portals que menaven cap a passadissos ombrívols que sens dubte encara feien pudor de pedra gastada. Vaig respirar fondo i, per primera vegada després de més de vint anys, vaig entrar a l'escola.

Unes lianes llargues i enfiladisses penjaven d'un extrem del pati a l'altre, de manera que l'espai empedrat quedava il·luminat per una llum verdosa; d'altres lianes tapaven les parets dels edificis, o bé s'havien enfilat per les finestres trencades. Unes flors de colors llampants formaven dolls caòtics que queien de les escales d'incendis i els ampits de les finestres, i uns brins d'herba ben gruixuts s'havien esforçat per sortir de les escletxes de les pedres; a tots els racons hi havia atzavares. Vaig caminar a poc a poc, atònit, a través del pati, cap als esglaons que portaven a la sala d'actes. Vaig mirar al voltant mentre caminava; un xiscle sobtat a mà esquerra em va fer estremir i vaig veure un mico que saltava dalt de la paret que envoltava la botiga escolar; portava un paquet de color blau marí a la mà que vaig reconèixer al cap d'un instant: una xocolatina de la marca Cadbury, que la bèstia va desembolcallar amb compte abans de queixalar-la; dos micos més van sortir corrents de la mateixa porta de la botiga escolar, es van enfilar a una parra i es van posar a esplugar-se l'un a l'altre, asseguts a l'ampit del que havia estat la sala dels monitors i que ara, vaig veure en estirar el coll, era una peça buida i abandonada. Vaig continuar endavant, observat amb curiositat pels micos mentre s'esplugaven, mentre uns ocells verds i grocs grallaven des de les branques o bé volaven, estarrufats, de perxa en perxa. Ja m'estava fent a la idea que el lloc estava lliure d'éssers humans, quan vaig veure el captaire. Mig amagat en les ombres, es recolzava contra un costat de l'entrada que portava a la capella. Anava embolicat amb un tros de tela vermella d'aspecte repugnant que empudegava i que semblava —tal com em vaig fixar en acostar-m'hi— com si el fes servir alhora com a manta i eixugaculs. La cara de l'home (que portava una barba blanca de dies) era xuclada, ossuda. Massa xuclada, o així semblava, en comparació dels dos ulls immensos i ferits que em miraven fixament, imploradors però també fatxendes, fatxendes, mal que el seu propietari fos indigent i pudís com una tifa de vaca. Va provar, endebades, de posar-se dret mentre feia uns petits sorolls pomposos. Sense pensar-m'ho dues vegades, vaig escopir directament a la cara del meu antic director d'escola, que es va fer enrere, mussitant alguna paraula de protesta en un to prepotent, abans de tornar a asseure's enmig de la brutícia. Ja feia cap a la sala d'actes, pensant que allà, com a mínim, podria trobar algun alumne. No havia oblidat pas la raó de la meva visita i no tenia cap intenció de permetre que els efectes de la droga fossin un obstacle. No entenia per què ningú no havia intentat aturar-me: segur que algun noi ja m'havia clissat, o bé a algun professor li devia haver passat pel cap preguntar-me què feia entrant il·legalment a l'escola, però no, vaig arribar dalt de l'escalinata de la sala d'actes sense que ningú se m'acostés. Vaig vacil·lar davant de les portes enormes mentre unes cacatues cridaven en el fullatge dels voltants. Les frontisses de la porta estaven rovellades i el roure era negre de sutge. Vaig mirar enrere. Ningú. Vaig empènyer una de les dues portes. Es va obrir amb un grinyol que va ressonar a la sala mentre jo hi entrava. La llum penetrava, blanca però bruta, per les finestres altes amb arcs de mig punt; il·luminava llençols sencers de pols que penjaven en l'aire, que era tan gris com les maquetes d'escuts descolorides que envoltaven les parets a l'alçada d'un metre. La tarima era al seu lloc, com també hi eren les cadires de fusta plegables. Vaig enfilar el corredor central, suposant que captaria l'olor de fusta polida que recordava tan bé (cera lluent, i les paraules xiuxiuejades que inculcaven la por mentre l'odi em feia gloc-gloc a l'estómac, mentre el director parlava amb la seva veu profunda de ja no recordo quines coses), però només vaig ensumar la pols i la brutícia escalfades per la calor feixuga i implacable, gairebé insuportable, que inundava la sala i dificultava la respiració. Les meves vambes grinyolaven al terra mentre accelerava el pas: l'havia vist.

Seia a la primera fila, amb el cap cot; tenia uns divuit anys i una cabellera gruixuda i esbullada que li penjava fins a les espatlles. Vaig caminar fins al fons de la sala, vaig saltar damunt de la tarima i el vaig mirar. A través de les cortines de cabells que li mig amagaven la cara, vaig entreveure una boca prima, d'expressió trista, i una barbeta tan llisa com el cul d'un nounat. Em va donar un cop d'ull, tot seguit va apartar la mirada i va tornar a fitar l'espai buit que tenia al davant, però en vaig tenir prou per veure els seus ulls i reconèixer-hi la preocupació que el molestava.

La vergonya és una cosa tan senzilla, i ell en tenia a cabals, la vergonya crepitava en l'aire que l'envoltava. Li feia vergonya tenir una llar i un uniforme que no eren com les llars i els uniformes de la gent que vivia a l'altre extrem del carrer. Li feien vergonya les classes tranquil·les i els cloquejos en veu baixa dels seus companys de classe. Li feia vergonya el futur vagament segur que se li pronosticava. Li feia vergonya la cortesia maldestra i automàtica que li inculcaven com si es tractés d'un avantatge més de l'ofici. Li feia vergonya la pròpia incapacitat de canviar la situació, vergonya vergonya vergonya d'ell mateix per, al contrari, haver seguit el fil de seda que portava a les recompenses promeses, protegides al mig d'un cercle màgic d'excrements. Li feia vergonya pensar que podria acabar parlant amb el mateix accent que els companys, acceptant-ho tot com els companys; li feia vergonya la possibilitat que, d'adult, ell també arribés a anar a les festes que els companys segurament farien i que estigués d'acord amb tot el que asseveraven ells, que rigués com un ase i fes que sí amb el cap d'aquella manera tan autosuficient. També li feia vergonya la possibilitat que, d'altra banda, es pogués convertir en una versió avergonyida d'ells, esforçant-se a parlar amb un accent de classe treballadora alhora que xarrupava el te directament del platet mentre amb l'altra mà cargolava un cigarro. Li feia vergonya que el procés normal i saludable de creixement hagués tingut com a resultat, en el seu cas, un estómac ple de papallones, la massa congelada que li havia substituït el cervell, incapaç com era de trobar una sortida, una sortida de debò, una solució final; li feia vergonya l'ensinistrament mental sense fi; li feia vergonya tot el que ell era de la terra cap al cel i del cel cap a la terra un milió d'un bilió d'un trilió de vegades; li feien vergonya els seus ulls al mirall, els peus a la banyera; li feien vergonya les festes, les classes, la missa del matí, les conferències fetes per VIP convidats especialment a l'institut; li feia vergonya tothom que l'envoltava; li feien vergonya els pupitres on seia, els passadissos per on s'arrossegava; li feien vergonya els terres polits, la cera en les escletxes, vergonya vergonya vergonya!

El vaig observar mentre seia allà, tan malhumorat com el Talp Vell de la novel·la *El vent entre els salzes*; vaig observar com, automàticament, girava la cara d'una banda a l'altra; vaig observar com els seus ulls es bellugaven, com miraven primer en una direcció i després en una altra, incapaços de concentrar-se en res, incapaços de quedar-se tranquils durant més d'un parell de segons, els fils que els manipulaven estirats per la por, una por que li creixia a dins, una por que li havia fet tornar la ment en blanc, totalment blanca, més blanca impossible. El vaig observar mentre tancava i obria els punys molt discretament, de manera que els companys —que no hi eren— no s'hi fixessin. Vaig observar com separava i tot seguit serrava les dents darrere uns llavis tancats a posta, vaig sentir la buidor que no deixava d'inquietar-lo, aquell noi miserable, aquell noi miserable i anorreat, aquell noi inútil, immòbil i sense idees que no tenia cap mena de voluntat pròpia, que no tenia cap presència d'esperit, que no tenia res a dir al seu favor. No obstant això, no em vaig poder estar de sentir una miqueta de pena per aquell noi, que no era ni un adolescent de debò ni un rebel de debò ni un estudiant de debò: aquell tros de merda sense valor, aquell esnob fastigós, aquell sac de collons repugnant, aquell gilipolles consentit, aquell fill de puta insuls que, em vaig adonar, senzillament era incapaç de canviar, que sempre havia estat així. No hi ha més remei, doncs, vaig pensar. Ni s'immutava, tret d'aquell moviment constant dels ulls: segurament provava d'evitar els xiuxiuejos de la bèstia, tot i que la bèstia no es podia veure enlloc, no, tan sols hi havia la sala buida, aquell cabró repel·lent i jo mateix.

Vaig allargar la mà cap a la meva bossa.

Quan vaig alçar la vista, m'estava mirant fixament. Semblava que volgués dir alguna cosa, però no feia cap esforç per fer-ho. Vaig pensar *espasticitat de merda,* vaig baixar de la tarima i li vaig dir:

—Sembla que ets l'únic fill de puta que hi ha, per aquí. Doncs tu seràs el fill de puta que rebrà. De ple.

Em va mirar amb els seus ulls verds tan ximples i tot seguit, bellugant-se amb més rapidesa que la llengua d'una granota, em va agafar el braç, fort. Vaig xisclar:

—Me cago en la puta!

Em continuava mirant i jo a ell, i en aquell moment vaig saber exactament a qui m'anava a carregar, vaig saber a qui havia vingut a matar. M'agafava cada vegada amb més insistència, s'estava a la cadira, tan fred com el gel, congelat tot ell des dels peus, que tocaven el parquet, fins als cabells esbullats, mentre lluitava contra els raucs que li sortien de la gola. Vaig estirar el braç i el va deixar anar. Necessitava sortir un moment abans d'anar per feina i ajustar el temporitzador. Vaig dir:

—Ara torno.

Vaig anar cap a l'entrada de la sala d'actes, comprovant de tant en tant que ell no anés enlloc.

Així que vaig sortir, vaig sentir la primera gota de pluja. Vaig mirar enlaire i vaig descobrir que el cel ja era de color blanc, tal com s'esqueia pel mes de novembre.

Allà davant tenia el pati de l'escola, gris i auster. M'estava als esglaons de la sala d'actes; mirava cap avall, on l'última generació de privilegiats vestits de negre feien el ronsa amb les espatlles caigudes com si les estiguessin preparant per a les responsabilitats que tard o d'hora els carregarien. Els vaig mirar fixament mentre anaven i venien, mentre corrien cap a alguna classe, o bé mentre seien a la paret de la botiga escolar tot intentant dir alguna cosa intel·ligent.

—Que s'ha perdut, potser?

Em vaig estremir. Se m'havia acostat un home jove i molt prim, d'uns vint-i-cinc anys, que portava un vestit de xeviot i una capa curta i negra. Un professor. No sabia com reaccionar.

—No... Només... Només hi donava un cop d'ull.

Va somriure.

—Bé, de fet, és per això que he vingut. Ho sento moltíssim, però aquest col·legi és propietat privada i els turistes hi tenen prohibit el pas.

—Turistes...

—He pensat que seria millor que l'hi digués, abans que vingués l'encarregat de seguretat. Un senyor que no té gaires miraments, mal m'està el dir-ho.

—No gaires miraments?

—De tant en tant rebem alguna amenaça de bomba, sap? Totes falses alarmes, gràcies a Déu!

Va fer una petita rialla de satisfacció.

—Sí. Bé.

Vaig tornar a mirar al voltant. No hi havia res de bèsties ni de lianes, res d'atzavares ni de mimoses, cap captaire i més aviat poca brutícia. I el noi? El professor m'observava. Vaig dir:

—És que he deixat una cosa, aquí en aquesta... aquesta sala.

—La sala d'actes? Em temo que no es pot visitar...

Però ja corria escales amunt. Vaig obrir les portes de fusta d'una estrebada. La sala era buida. Feia olor de pols i fusta polida. Vaig córrer cap a la primera fila. La bossa era sota una de les cadires. La vaig recollir i vaig marxar.

—Gràcies.

—I ara!

Vaig baixar els esglaons i vaig travessar el pati, envoltat dels crits encoixinats i dels cabells pentinats dels nois; vaig passar per sota l'arc, amb la bossa ben agafada, i vaig tornar sobre els meus passos fins que vaig arribar al parc de Saint James; al llarg dels camins, la gent caminava sota el xim-xim; vaig captar fragments de les seves converses, parlaven gesticulaven discutien reien feien rialletes, es feien petonets a les galtes i als llavis. És a dir, es comportaven amb normalitat.

La pluja em relliscava pel clatell i em feia pessigolles d'una manera llefiscosa i insinuant. Inclinant-me per damunt d'un reixat, vaig mirar l'estany. Pensava en l'escola, pàl·lida sota la llum, i en les siluetes que s'hi asseien o que hi caminaven. Era un lloc com qualsevol altre, i prou. Una cosa ben sòlida. No pas una cosa que m'agradés, això sí que no, però tampoc era tan important que hagués justificat el que tenia previst fer.

Com havia canviat el parc en la llum tardoral, que ple l'estany i que animats els ànecs i les oques, que bigarrada la gent que els mirava fixament, que forta la xerrameca, la barreja-barreja de dialectes i d'idiomes! Era tal com sempre havia estat, des que tenia ús de memòria. Vaig mirar enlaire quan els primers trons van ressonar més enllà del palau de Buckingham.

Els efectes de la droga ja han desaparegut, vaig pensar, alhora que feia un esforç per pensar d'una manera lògica, mentre mirava l'escena, estupefacte.

Però no havien desaparegut del tot, me'n vaig adonar quan vaig sentir una pressió cada cop més forta al cap i la cola blanca va tornar a entrar-me al crani. Vaig deixar la bossa a terra i em vaig doblegar cap endavant, pensant que potser vomitaria, preguntant-me què passaria.

Quan em vaig reincorporar, força refrescat, vaig quedar de pedra.

A l'altra banda de l'estany, ja esquitxat per una pluja cada vegada més abundant, em saludava amb la mà. El mateix xaval, amb la cara de nen bonic i els cabells de troglodita i l'uniforme negre. Encuriosit per saber què collons es pensava que feia, vaig aixecar una mà a tall de resposta. De seguida va començar a cridar alguna cosa. L'estany era més gran del que m'havia semblat a primera vista: de fet, ja era més aviat una mena de llac. Em costava captar les seves paraules. Em vaig inclinar endavant parant l'orella i ell ho va tornar a dir, i en el moment mateix que vaig sentir la paraula «adéu» vaig perdre l'equilibri i tot seguit vaig sentir com l'aigua gelada m'amarava la roba, just abans que el cap se submergís i em trobés debatent-me en el verd fred.

Al cap d'un parell de minuts, i gràcies a un vianant que em va donar un cop de mà, vaig aconseguir tornar a terra ferma, encara que fos a les palpentes, però no pas al camí, perquè el camí ja s'havia convertit en un moll gris i enorme com un camp de futbol, al costat del qual hi havia un vaixell tan gran com una catedral i tan a prop que, si hagués escopit, l'hauria tocat.

Vaig sentir la fressa de la munió de gent que, de cop, tenia al voltant, la seva atenció atreta exclusivament per la coberta del vaixell, darrere les baranes de la qual centenars de passatgers els saludaven amb la mà.

Vaig buscar el noi (cada òrgan del meu cos era exactament on havia de ser, cadascun amb el seu color assignat, aferrant-se orgullosament al meu esquelet mentre el cel saltava cada vegada més alt i el fred es tornava enriolat i acollidor) i al cap de poc el vaig veure al peu de la passarel·la, esperant amb el seu uniforme, la corbata de gairell, els cabells que papallonejaven al vent, els ulls mig clucs a causa de la llum, les espatlles caigudes com si volgués dir *no sóc ningú, no em facis cas,* els ulls verds, envidriats de recel. A empentes, vaig sortir d'entre la multitud i m'hi vaig acostar. Va dir:

—Me'n vaig.

Amb una veu que em va costar reconèixer: feia tant de temps que no la sentia, la meva veu d'adolescent, vacil·lant i ronca.

Va somriure, un somriure nerviós, esverat, aprensiu, un somriure d'ocell si els ocells sabessin somriure, i em vaig adonar que tot el temps que ell havia passat assegut a la sala d'actes del col·legi mentre els seus ulls saltaven ràpidament d'un detall a un altre per evitar les pors, que tot l'autoodi arrepapat als budells, que tot el temps passat somiant una sortida d'amagat, que tot el temps que estava convençut de ser una closca buida, inútil i sense valor, que tot el temps passat convençut que, passés el que passés, ell mai no es posaria al dia i sempre es quedaria al marge, que tot el temps aguantant una situació per manca d'una decisió o una miqueta de voluntat, que tota la timidesa sense remei i totes les cigarretes fumades en cadena, ara tot això desapareixia passarel·la amunt amb aquell adolescent que jo havia estat. Vaig dir:

—Adéu.

Va pujar la passarel·la.

I les espatlles se'm sacsejaven mentre em queien les llàgrimes, perquè el passat és el nostre únic país; i de cop se'm va acudir que era un delicte, acomiadar-me'n, d'ell i de totes les seves malalties vibrants, la bèstia perplexa aferrada a l'espatlla, grallant, desesperada ara que s'havia adonat que se li havia acabat el bròquil; un delicte, engegar el passat a passeig amb un bitllet d'anada; un delicte, mirar com jo en tant que adolescent pujava cap al lloc on un oficial de bord, vestit de blanc, recollia els bitllets; un delicte, permetre que aquella massa de cabells esbullats desaparegués per sempre més en la foscor del buc.

Vaig observar-lo atentament mentre desapareixia.

Al cap de poc, el vaixell es va allunyar del moll, mentre els passatgers (tot un poti-poti, alguns portaven barrets de feltre, o espatlles bufades, mentre que d'altres portaven pantalons balders, o acampanats, o sabates de plataforma) gemegaven uns comiats repetits que queien de les cobertes atapeïdes i el vaixell feia cap a una cortina de boira que esperava, amb paciència, al mar obert. Una barreja de transbordador modern i paquebot antic, hi havia porcions que brillaven, netes com una patena, i d'altres que eren tronades i adobades; el vaixell emetia una olor de metall oliós seguida d'algun rastre de matins llunyans, d'expressions desfasades en boques mortes feia temps, de caramels diversos, d'oportunitats diverses; l'aigua llepava les vores del buc mentre aquest es girava fins que la popa va quedar orientada cap a mi. A bord, els passatgers encara aguantaven els mocadors i feien aletejar ombres per damunt de l'aigua tranquil·la, il·luminats com eren per un sol fred que havia sortit només per a ells: ombres de Morris Minors i avis llunyans que mussiten *yeah yeah yeah*, la meitat de la gent actua per a l'altra meitat; un rusc gris que s'amara de colors pastel abans d'esvanir-se entre les faldilles de la boira, allà va.

Primeres Guerres i Guerres Fredes, les barraques dels Urals i els pobles exquisits de les valls ondulades del Loira, uns pagesos que escupen i uns buròcrates acotxats com talps en unes oficines amb plafons de fusta a les parets, nord-americans bledes i britànics resignats, la Generació del Jo i totes les altres Generacions que no duren ni un minut abans de deixar-se créixer un bigoti i queixar-se en veu baixa de la Generació següent, els diumenges tranquils i l'emoció d'escoltar els Who, i en algun lloc, enmig de tot això, el noi de divuit anys, perdut de vista, un més entre la multitud de passatgers mentre el vaixell fa una pausa al mig del boirim amb la seva càrrega de comiats dits amb el cor trencat a la gent del moll, entre la qual m'estava, i que ho teníem cada vegada més difícil per entendre les paraules cridades del mar estant, per molt que paréssim l'orella; i ens era encara més difícil fer-nos entendre als passatgers, per molt que els saludéssim amb la mà, els ulls molls d'enyorança i enlluernats pel que quedava del nostre futur.

Capítol 20: un tracte

ALGÚ TRUCA A LA PORTA. EL COMISSARI, UN COP MÉS.

—Et fa res si assisteixo a la sessió, Murray?

—*Endavant, tot i que no crec que la trobis gaire interessant, la veritat.*

El comissari em mira d'una manera estranya.

—Vols dir? A veure, què ens pots dir d'aquest subjecte? Quina és l'opinió de l'expert?

—*Diria que solia ser una persona força competent. Pateix d'una patologia obsessiva latent que ha pujat a la superfície fa poques setmanes i damunt la qual ha perdut qualsevol mena de control. El fet que mai no va portar el seu projecte inicial a terme suggereix que ha aconseguit conservar un cert sentit de la realitat. Personalment, no dubtaria a classificar-lo com un Alfa Tres.*

El comissari treu un paquet de tabac, i una cigarreta del paquet. Me l'ofereix.

—Fumes?

—Sí.

—Jo també.

Es fica la cigarreta a la boca, l'encén i hi fa una pipada; inhala i exhala el fum amb una satisfacció ben visible.

—No tinc el costum de subscriure aquella opinió segons la qual les persones que posseeixen dispositius explosius mortals són, necessàriament, desequilibrats mentals. Al contrari, penso que la major part d'elles estan ben sanes, i és justament per això que les tanquem amb pany i clau durant un període de temps tan extraordinàriament llarg. En aquest cas, però, estic d'acord amb les teves conclusions, Murray, en la mesura que crec que aquest paio està completament tocat de l'ala.

El doctor Bishop mira el comissari fixament.

—*Deixa'm dir, Rory, que m'has deixat parat. Havia arribat a la conclusió que ni tan sols creies en la mateixa existència de les malalties mentals.*

El comissari m'indica amb un gest del braç.

—Saps què hem descobert? Que aquella companya seva, aquella Addie Reed que ell diu que l'ajudava tant en el passat, no consta enlloc. Fins i tot vam entrevistar uns quants dels antics companys de classe d'aquest senyor i no en sabien res de res. D'ella, ni rastre. Estic convençut que es tracta d'una quimera, d'una fantasia d'ell. I això, a parer meu, afegit, sobretot, al que sabem del seu comportament durant les últimes setmanes, és un senyal indiscutible que a aquest home li falta una volta al microones.

El comissari sospira.

—És tot teu, Murray.

El doctor es gira cap a mi.

—*El que el comissari vol dir amb això és que, tant en el meu informe com en el seu, recomanarem al teu advocat defensor que et declaris innocent de l'acusació d'intent d'assassinat, el càrrec més greu que se t'imputarà demà al matí, perquè tenies i tens les facultats pertorbades. Cosa que significa que rebràs assistència mèdica, en comptes d'una condemna de vés a saber quant de temps de presó; això, si tot va bé davant el tribunal, i no veig cap raó perquè t'hagi d'anar malament.*

Gràcies, Addie, un cop més. El comissari m'interromp.

—On deies que volies anar quan tenies divuit anys? Barcelona?

—Barcelona, sí.

—Una ciutat bonica, diuen.

I molt lluny d'aquesta sala. El policia de paisà continua:

—Tant si acabes a la garjola o bé en un hospital, tindràs els moviments restringits, com si diguéssim, durant un bon grapat d'anys. No volem ser gaire indulgents amb algú que ha anat vagarejant per una zona concorreguda amb una bomba dins d'una bossa, per guillat que estigui.

—*Et puc assegurar que rebràs un tractament psiquiàtric correcte.*

—I quan, per fi, et deixin tornar al món real, seràs lliure de fotre el camp cap on vulguis.

Miro primer l'un i després l'altre i, mentalment, els dic adéu a tots dos. D'ara endavant, altra gent es farà càrrec de mi fins que es consideri que puc tornar a barrejar-me amb la població civil. A la taula, la carpeta està oberta i les cartes es troben escampades damunt la superfície. Me les miro com si mai no les hagués vist abans i mentre ho faig les parets de la sala es tornen cada vegada més brillants fins que tot el que tinc al davant —taula, papers, doctor, policia— es converteix en un contorn borrós enlluernat per la blancor circumdant.

Capítol 21: el vaixell i el tren

VOLTO PEL VAIXELL; LA CABELLERA GRUIXUDA BALANCEJA mentre vaig de bar en bar, de coberta en coberta, fent-me via entre els passatgers que seuen i bramen a l'entorn de taules de fòrmica, o baden davant l'escuma que es desprèn dels costats del vaixell, o bé seuen com gavines pacients als bancs blancs de les cobertes, o bé s'entretenen al *duty-free*. No tinc una idea gaire clara de com és la meva destinació, però sigui com sigui és segur que serà tota una aventura, una aventura que, de totes maneres, em posa nerviós, prou per empassar-me una gerra rere l'altra, mentre unes converses sense interlocutor salten d'una orella a l'altra dintre del meu cervell, unes converses en les quals —imagino— dono a conèixer el bo i millor de mi mateix (els ulls vius, el somriure brillant); imagino tot això amb tanta intensitat que començo a mirar l'escuma marina amb els ulls curulls d'emoció; una mica més i m'hauré convertit en un d'aquells borratxos guillats que s'arrosseguen al llarg de les voreres, parlant sols.

Ben aviat em trobo encabit entre una munió de gent que espera a l'escala, que espera que s'obrin les portes; alguns fragments de conversa es llancen amunt i avall com peixos nerviosos —«Quan arribarem a Paddie-Padstow, mamà?» «No anem a Padstow, bonic, anem a l'estranger.»— fins que, per fi, un oficial de bord amb jaqueta blanca obre el forrellat i tothom surt a l'asfalt de mica en mica, on els llums del port es quadren en fileres ordenades.

Pujo a un tren verd que no triga gaire a portar-me, amb un sotragueig constant, a través d'un paisatge verd clar, cap al sud mentre es fa fosc i miro les aglomeracions de llums que passen, mentre penso que si no estigués fent això que faig estaria fent alguna cosa molt pitjor (plorant en habitacions grogues, els assistents socials brandant el cap perquè no havia pogut aprofitar-me de les meves qualificacions, mirant l'antiga Alma Mater des de la finestra de l'hospital, somiant un esclat final i violent, sentint-me cada vegada més perdut a la meva ciutat, que no és i mai no ha estat la meva ciutat tot i que hi he nascut i crescut).

Per tant, me'n vaig lluny, lluny de la nació illa; el tren, esbufegant, em porta a través d'un país intermediari i s'acosta a París silenciosament, com un lladre —a trenc d'alba, uns revisors fatxendes em comproven el bitllet, a Lió—, estic cansat i capcot —els oliverars occitans són de color taronja i verd clar sota la llum nova—, vet aquí que el tren s'atura durant una estona —prou temps per prendre una aigua al bar de l'estació de Marsella— i després s'esmuny per la costa, i una segona mar se m'apareix a mà esquerra.

Mentre la llum s'escampa pel cel, aquesta segona mar s'eixampla, brillant. Uns nedadors apareixen dins la calitja: colònies de pingüins de color rosa que es capbussen a l'aigua des de les roques, mentre sec damunt el plàstic vermell, mentre uns camps distribuïts sense ordre ni concert s'estenen, bonics i grocs, a mà dreta, més enllà de les aparicions esporàdiques d'estacions tronades.

Darrere meu, he deixat la sang de la meva sang al capvespre de les seves vides, i el *heimat* que s'ha esvanit a l'horitzó ja fa bastantes hores ja s'esvaneix també de la meva memòria, de tots els meus records, tal com se n'han esvanit Lucozade John Players Boots Wimpy Ribena Cranks Angus Steak Houses Dolcies Embassy Old Kentucky amb un xupa-xups per als nanos que es mengen l'àpat sencer White Shield The Forsyth Saga National Express Derek Nimmo British Rail Ken Dodd Stirling Moss Chester Leicester Gloucester Bognor Regis Morecambe i Wise Streets of London Wrigley's Spearmint Val Doonican Bob Monkhouse Vera Lynn Scarborough Fair Pete Townsend Jon Pertwee Top of the Pops Mister Heath The Cybermen I'm All Right Jack Tariq Ali Peter Sellers Spud-U-Like Ken Russell Russell Harty taps d'ampolles de llet de color argent i d'altres daurats Tony Blackburn Lyons Maid Barbara Castle John Noakes Red Lion Square Dick Emery Valerie Singleton On The Buses Jasper Carrot Lyons Corner Houses Carry On Up the Khyber The Victor John Tyndall The Face Patrick Moore l'NF l'IS l'SWP l'LPYA el BOAC DDT George Formby Whispering Bob Harris Arthur Askey Lady Penelope John Alderton Norman Wisdom Saint Barts Pathé News Alec Guinness i Barbara Windsor, que era entremaliada, i Hattie Jacques, que era grassa, i Eric Sykes, que era sord, i la Susan dallonses, que era dislèxica, i la sèrie *The Pallisers*, l'últim episodi de la qual es va demorar durant setmanes a causa d'una vaga, i això fou una decepció molt gran per als espectadors que havien seguit tota la història fins al final, una decepció com la dels subscriptors de la revista infantil *Ranger* quan aquesta es va incorporar a l'altra revista infantil, *Look & Learn*, com la dels subscriptors d'aquella revista de ciència que va deixar de publicar-se al cap de poques setmanes, «ens feia tanta il·lusió, rebre un número cada setmana», va dir una subscriptora infeliç, histèrica i embarassada; tot desaparegut ara, els cogombres en vinagre, els horaris estrictes dels bars, la pudor ben educada de les grans ciutats, les botigues de braguers, les tifes de vòmits els diumenges al matí. A mi, res d'això ja no m'importa; uns corrents d'aire calents bufen per les finestres sacsejades del tren que em porta cap a un lloc on les coses que donava per descomptat no compten per res; on, per fi, baixo, espantadíssim (uns captaires vagaregen com boles de billar d'un passatger que acaba de baixar a l'altre, ignorats pels policies que porten volanderes fetes de xarol als caps); els bars tipus quiosc ja són oberts, amarats de llum groguenca. Petrificat entre les columnes blanques de l'estació, imagino les persones imprevisibles que coneixeré més endavant, els edificis dissenyats per a la calor, el sol tan fort que hauré de caminar amb els ulls mig clucs, mentre l'olor penetrant del fum de tabac negre em recorda d'una vegada per sempre que sóc a l'estranger, d'una vegada per sempre a l'estranger.

Capítol 22: el ventijol de desembre (Barcelona, ara)

ANYS DESPRÉS, ANYS DESPRÉS —TOTES LES COSES DOLENTES s'han esvanit fa temps—, els colors pigallats de Barcelona somriuen somriuen somriuen sota el sol refredat únicament per un ventijol de desembre que treu les últimes reserves d'amargor de les escletxes que hi ha en el meu cap; les botigues estan plenes de coses bones i de roba normaleta; els rètols de les farmàcies fan pampallugues, talment els llums de Belisha a Londres els anys seixanta; els bars encara tenen les taules posades a la vorera, on els nens i els vells i els joves rebentats seuen i prenen un bíter o una cervesa o un cafè sol, mentre els autobusos bramen i les perforadores martellegen.

Camino damunt unes voreres fetes d'esponja prima, dono un cop d'ull a les fruites i les verdures, vaig cap al bar per prendre un esmorzar servit amb la rapidesa d'un llamp per a gent com jo que hem d'anar cap a la feina, que hem de baixar les escales cap a les andanes que fan olor de pedres pàl·lides, on altres ciutadans seuen, sorruts i fumant. I sento la pressió dels altres passatgers alhora que les portes es tanquen acompanyades d'una seqüència de pips i el tren arranca (m'endinso, calent, en la rutina d'aquesta ciutat); pujo i surto de la boca del metro cap al lloc de treball, des d'on puc veure com l'estany de la ciutat, de color argent i gris, brilla de tant en tant entre les muntanyes i la mar, la mar que s'estén cap als llocs als quals s'ha estès durant cinc mil anys, tota despreocupada, mentre les muntanyes es drecen darrere el xivarri urbà com si fossin guardaespatlles.

Arribo fins al final de la jornada treballant amb la colla de sempre, tots treballant a la mateixa alçada que els núvols prims que ja travessen el blau del cel; els companys fan broma, xisclen al telèfon, parlen dels seus gossos i menteixen als seus clients, però totes les coses bones arriben a la seva fi, i aviat vet aquí que he tornat a sortir fora, em trobo entre els plàtans, els núvols s'espesseixen i la pluja escup a poc a poc aquí i allà mentre decideixo que tornaré a casa a peu, al llarg dels carrers que porten al mercat marró i gris i ple de gom a gom de sípies, botifarra negra, formatge sec, calamars, pollastre, ronyons, gambes i rap, llagostes i crancs i lluç i bacallà salat, que es mullen els peus en safates de marbre, i caixes de bolets marronosos, que esperen amb paciència que unes mans els agafin, i unes ovelles mortes al pic de la vida i uns conills apilonats, els ulls de peix dels quals miren fixament amb la manca d'interès propi dels cadàvers; enfilo passadís rere passadís, demanant això i allò altre, mentre la pluja s'espesseix fins que forma un xiuxiueig fi al sostre que em segueix fins que surto als carrers dels voltants, on puc sentir com ja plou a bots i barrals.

(Mai no he aconseguit localitzar la meva vella amiga Addie.)

Camino entre les tonalitats pastels dels edificis, sota un cel indiferent i sense color, les meves paraules tenyides d'accent, els ulls brillants de cortesia mentre faig una pausa —la gent que corre, la mort mantinguda a ratlla en aquest dia de pluja en aquesta ciutat rivetejada d'arbres de la qual m'he fet ciutadà—, gotes d'aigua caiguda del cel a les galtes i al nas, les fulles i la gent i els edificis grocs i marrons, els balcons amb els seus ficus, les parets amb els seus lloros i canaris, les botigues amb les seves tisores i fustes de planxar i ulleres i el seu peix de platja; el barri es gira, sento com els seus carrers m'estiren suaument cap aquí i cap allà mentre la pedra es torna efervescent, mentre la pluja es congela a l'aire fent olor de fulles; com més va més ràpid, el cor se m'espesseix es dilata es gira s'eixampla com un llençol de goma, se m'estén per tot el cos, s'esmuny més enllà del costellam fins que es barreja tot apegalós amb la musculatura just a sota de la pell; batega viu i vermell mentre velles solitàries i canalla insuportable i cuiners cansats i famílies joves giravolten, mentre muntanyes d'edificis planen amb l'elegància dels cignes i uns quants adolescents es grapegen a les entrades, alguns feixistes envellits mussiten imprecacions, alguns televisors emeten la tonada que anuncia el telenotícies de cada dia, i tot això dura tan sols un segon, tan sols un moment en què la sang flueix visible a través de la carn, tan sols una estoneta aguantada com un ocell en una mà nerviosa allà, a la ciutat, sobre la qual la pluja cau i sobre la qual el sol irradia les seves parcel·les de llum decisiva.

No sé si el meu avi (per molt bona persona que fos) m'hauria perdonat per haver explicat tot el que he explicat. Pot ser, de totes maneres, que m'hagués perdonat per haver-me esmunyit per la porta del seu estudi un diumenge a la tarda, a l'edat de nou anys, i d'haver-ne sortit amb deu cartes agafades amb pressa que feien l'efecte de ser ben importants. L'última li va ser enviada des del poble de Ripe, al comtat de Sussex, Anglaterra, on Malcolm Lowry va morir el 1957, quan tenia quaranta-set anys.

EPÍLEG:

LA CARTA FINAL

Epíleg: Lowry (carta final)

Ripe, comtat de Sussex. 1956.

Quants anys han passat des de l'última vegada que li vaig escriure, quantes màquines inventades, i quants balls ballats, oi, senyor Patrick? No sé si ha arribat a sentir a parlar del meu petit miracle nord-americà? Va tenir lloc pocs anys després de la guerra, quan Reynal & Hitchcock va publicar un llibre meu (aquell que passava tant de temps escrivint al Canadà) i va tenir una acollida francament bona per part de la crítica. Els editors nord-americans tenen un sistema meravellós: s'asseguren què diran els crítics abans que l'obra surti a la llum, de manera que aquesta es publica amb les citacions elogioses ja impreses a la contracoberta. Un sistema que s'hauria d'utilitzar absolutament amb tot (incloent-hi els nounats).

Em van tractar molt bé quan vaig arribar a Nova York, el mateix dia que el llibre sortia al mercat. Durant setmanes van insistir que em fes amb la flor i nata del món literari nord-americà; tothom em comparava amb altres escriptors, tots morts des de feia temps però molt millors que no pas jo. Per cert, gaudeixen d'uns espais enormes, aquesta gent de Nova York, res a veure amb els típics llocs enxubats tipus Dolphin Square (on la colla literària londinenca sol organitzar les seves festes);

tothom em va saludar sota uns sostres altíssims que no tenien res a envejar als dels jutjats dels Inns of Court; em van oferir un ventall extraordinari de begudes, res pur, sempre es tractava de barreges d'això i d'allò: prohibit beure qualsevol altra cosa que no fos un còctel, vaja.

Malgrat tot això, i malgrat les notícies diguem-ne bones sobre les vendes, em sentia cada vegada més apocat. Bombardejat constantment per unes salves d'afalacs sense fi, tenia unes ganes tremendes de refugiar-me, i, és clar, no hi havia cap lloc on em pogués aixoplugar, de manera que em quedava enmig de la gent, somrient com un idiota; quan me'n vaig cansar, vaig canviar de tàctica i feia de geni torturat, sempre hi he tingut la mà trencada; no cal dir que també bevia. La cosa més agradable que té la beguda és —com tothom sap— que fa que un no recordi a qui, precisament, va fer sortir de polleguera la nit anterior, ni com; un tampoc no es pot recordar de la persona repenjada a la qual es va endormiscar. Quan un es desperta al matí, al llit on fou traslladat com per art de màgia, tots els detalls són, afortunadament, fora del seu abast.

Tal com ho és la felicitat que suposadament comporta el fet de tenir èxit; un èxit que, en realitat, deixa un regust buit a la boca, com sol passar després d'unes eleccions generals, posem per cas. Com més assistia a les festes, com més m'afalagaven, més tenia la sensació que tot plegat no era sinó el preludi d'una catàstrofe sense precedents. Què significa haver escrit un cert nombre de paraules i que te les hagin reproduït i escampat entre les llibreries?; que uns lletraferits hi hagin entrat, i que (incitats pels experts, que els han indicat quins llibres els haurien d'agradar) hagin pagat bitllo-bitllo per aquella munió de paraules, que després s'han emportat de la llibreria en una bossa? Solia pensar que, potser, un cop la gent hagués llegit el llibre, aquesta gent tindria la sensació d'haver-me acompanyat fins al final del mateix viatge repugnant que he fet jo, i que tots saltaríem junts, provant d'agafar-nos les mans, camarades en la nostra ignomínia comuna. Abans, considerava que el meu llibre era una mena de corda salvavides o bé un xiscle a llarg termini o bé un quadre curull de raconets amagats en què l'espectador podria trobar refugi. Abans, pensava que les emocions que jo sentia, fossin les que fossin, es manifestarien a la pàgina que el lector tenia entre les mans com si es tractés d'un correu de l'amor, d'un telèfon de l'ànima, i que els cors de la gent se saltarien algun batec, que els seus ulls retindrien alguna llàgrima, que els seus pensaments s'omplirien de colors i que els seus caps farien que sí, dient que sí, això és així, sí, sí, sí. Però no, el llibre és un llibre i prou, alguns s'ho passen bé quan el llegeixen, d'altres, gens, i la majoria mai no hi posarà les mans a sobre. I és l'única cosa que he fet, al llarg de tots aquests anys, l'única cosa que valia la pena fer, i ara té un valor —me n'adono ara— inferior al d'una moneda de tres penics: no deixa de ser una pausa desesperada, un intent de cridar l'atenció abans que acabi esmunyint-me cap a ja-sap-on.

Dret enmig de la xerrameca de les festes literàries, les cares dels convidats em passaven surant com si fossin vaixells a alta mar, tothom fent l'adult, tothom recitant les notícies que havia llegit al seu diari preferit; vaig sentir com unes opinions es xiuxiuejaven en veu alta de boca en boca (com portades en un taüt fet de quincalla que anava sol, sobre rodes, pel carrer que menava al cementiri) fins que totes les boques xiuxiuejaven la mateixa música en claus diferents, vaig tastar el gust ranci i aigualit d'ulls lluents i d'angoixes retingudes, vaig veure un món tan petit i lleig com un cap encongit, en què els protegits i els llepafils manaven per damunt de tothom i els habitants del qual es movien en cercles lents fent voltes interminables, encerclant-se els uns als altres sense tocar-se sense riure sense fer res (que no fos acusar la presència dels altres) d'un racó a l'altre d'unes sales interminables.

Sí, anés on anés, els literats i les seves esposes em miraven fixament, talment uns nens mal educats: faltava poc perquè m'assenyalessin amb el dit; què hi devien veure, però? No pas el dipsòman vergonyós que tenien al davant, sinó la persona santa en la qual m'havien convertit per tal de gaudir-ne ells, ells i ningú més, com si el llibre no signifiqués res per a ells al costat de la presència temporal del seu autor. Mentre em sotjaven, tot el que feia (fes el que fes) els semblava bé; però, és clar, al cap d'un temps l'encant es va esvanir i les vendes abans tan abrandades es van reduir tot seguit a una pila de cendres i jo vaig tornar a ser un borratxot inacceptable. (Mesos després, el llibre es va publicar a Anglaterra: gairebé no vaig tenir temps de prendre'm una copa de xerès que ja havia desaparegut dels prestatges.)

Imagini's com es deu sentir un, senyor P., quan —potser per falta d'alguna alternativa millor— acaba dedicant tot el seu temps lliure (o sigui, en el meu cas, tota la vida) a una sola activitat; durant vint anys martelleges les tecles de la màquina d'escriure, renegant cada vegada que el cilindre s'encalla, cada vegada que el carter o l'amic o l'amant t'interromp, cada vegada que les paraules surten blanes i insulses. A més a més, cal convèncer els amics (cosa gens fàcil) que aquesta és la teva professió de debò i que les hores i hores que passes sol, prescindint de la seva companyia, seran justificades amb la publicació d'una obra teva, mentre que, d'altra banda, intentes de convèncer els editors que ets prou professional per merèixer ser publicat; és clar que aquesta tàctica mai no funciona tal com ho hauria de fer i sol haver-hi un període intermedi d'uns quinze anys durant el qual els teus amics pensen que ets un babau mesquí i egocèntric que es fa il·lusions, i els editors, que ets un aficionat inexpert que es trobaria més a gust fent de col·leccionista de segells o de jugador de tennis, entre altres hobbies possibles; però al capdavall te'n surts, el teu ego puja i baixa com un tap de suro però acaba surant, a la llarga acaba surant, i llavors alguna revista, posem per cas, accedeix a publicar alguna coseta teva i vet aquí que el teu nom surt publicat, i apa, ja ets un escriptor dels de debò, però en comptes de la satisfacció immensa que pensaves que sentiries, no tens res més que un regust de vi escumós esbravat a la boca perquè t'has adonat que el text en qüestió hauria d'haver estat millor, molt millor, de manera que decideixes fer una retirada estratègica per reorganitzar-te les forces i llavors sí que comences a escriure quelcom que és la mena de cosa que penses que hauries d'haver escrit abans, però aleshores no ho sabies, com ho havies de saber? Com un gat escaldat que té por de l'aigua freda, estàs tremolant de por quan ofereixes aquesta nova poma al professor que seu darrere del seu escriptori de fusta daurada; i abracadabra!, et dóna un deu i et presenta davant de tota la classe com a model a seguir mentre escoltes uns aplaudiments eixordadors. Trigues una mica a comprendre que el que t'està passant és ni més ni menys el que sempre havies somiat, el somni que t'ha sorprès en els moments d'entreson durant, oh, dècades: és la mar de diamants, l'horitzó perdut retrobat (el moment en què els animalons peluts que sempre has vist de cua d'ull, penjats com uns dropos de les vores de tots els gots i copes que has aixecat fins als teus llavis, es posen de cop a ballar i a cantar); aquí el tens, el somni fet realitat!, ara i aquí!, i, no obstant això, sembla (per raons que desconeixes) que tot això tingui lloc més enllà, darrere alguna mena de pantalla; i per molt que vulguis lladrar de felicitat i llepar la mà del teu benefactor, el somni ja comença a esvanir-se i abans que te n'adonis has tornat a trepitjar les llambordes de la ciutat, les cantonades alienes; uns vianants freds com el gel et miren de reüll fins que t'adones que acabes de viure el moment més important de la teva vida, la part que emfatitzaran als discursos de comiat al cementiri.

Hi penso sovint, en la mort, aquests dies, senyor Patrick, sento com gemega suaument entre bastidors mentre m'afanyo a recitar el que queda del meu paper.

•

L'altre dia em van prohibir l'entrada a un dels bars del poble. En queden dos més, i llavors seré un pària alcohòlic de debò.

Confio que cremarà aquestes cartes quan jo falti. Ho hauria de fer, senyor Patrick, ho hauria de fer.

Barcelona, 1999-2001.